世界早被靜悄悄換掉了

蔡俊傑

不在正常世界出現）的痙攣、幽靈般的在此消失在彼出現，或電流的竄閃。

在俊傑的文字中，我驚嘆的發現這樣的「微物之神」，非技藝的（眼球或光學儀器的透折度無限放大），而是他腦海，或靈魂性的特質，那是一幅一幅其實應該被宣告為「靜物」——時間在其中被取消了——乍看是靜止不動的畫面，可是在他的敘述中，那是一個流變，劇烈到像宇宙飛船穿過小行星帶，熠熠生輝而雷電閃閃的，弦在那麼小的微分世界裡，躍遷、曲扭、彈跳的，也就是說，構成時間、空間、光、粒子，在一個放大無數倍的觀看鏡筒下，全部是流動、不穩定、變幻萬千的。

……不知道怎樣繞路，只是自始至終都回到了原點。窗外雨勢漸大，自虛空落下的雨遍布在各式場域，汽機車疾駛的柏油馬路、高矮行道樹的稀疏枝葉、灰裸裸的水泥屋頂、違建的高樓鐵皮屋，不斷間錯移動著的各樣圖彩的傘花，或是被車輛急速沖刮攔截的雨水飛蹦濺上路旁的行人小腿。不同的接受體有不同的哀鳴。但大部分的時候那些藏於世界表層以下的嚎叫都是不被聽見的。

這些文字中的，那個鬼魂般的「他」，好像常總迷路：騎著機車，被困於千百輛同樣在黃昏翳影，亮著車前燈的機車陣。那是典型中和的景觀，高矗半空遮蔽天空的高速公路水泥橋架；一鑽進去便迷失的十二指腸般的巷弄，壓低的雜亂電線和檳榔攤、修車行、混亂的騎樓；那像是賈樟柯的電影，或一點點的蔡明亮。但他不是放慢或空鏡頭，那些雜遝、疲憊、空氣中似乎有一層煤渣因此吸光畫面變髒糊些……那驟轉進去的死巷弄；舊公寓樓梯間；樓梯間上經過的一隻死去斑鳩的屍體，顏色氣味在那視覺避開的角落變化；或是隔壁的敲牆聲；書房裡的「鼠道」……那便是他的魔術時刻，「一花一宇宙」，那些所謂的「微觀宇宙裡的弦」被打開了，撬開了，你會想到昆德拉說的：「從卡夫卡之後，我們所有的小說主人公，都只能是土地測量員K了。」但你發覺「他」是一個不去探問「城堡的核心運作，或官員的人際關係」的土地測量員，他是沉默無聲，畫框外之人，而又會因一個轉角將世界帶進他的那個「不為人知的祕密」——那個時間暫停，因此多出來的「停憩」。每一種情緒或情感，都像水壺裡的水，一次啜飲一小口，節制的懷念、淡泊的感傷、將戲劇性盡量屏蔽掉的，如此騎機車在這樣混雜、荒蕪、疊堆、醜陋的街景中穿梭，連「修補者」、「漫遊者」都不是的，像卡爾維諾的〈帕洛瑪先生〉，在書寫中才能逐漸浮現、逐漸拼綴的存在之景。

後來想起來，當時的我像一隻獨站在河邊石頭上的鳥，張望著河裡的蝦蟹，鬧烘著引擎聲的船，岸邊的燈火起伏變幻，那麼多事情在周邊發生著，不願輕舉亂動，怕錯失了什麼，兩眼直瞪瞪的瞅著隨機的變動，越專注越入迷，越入迷就越遠離其他，然後突然被另一樣事物驚動，轉頭，眨眼，來不及顧慮剛剛就馬上跌入現在。

這種飄蓬、淡淡的惶然，性格上的缺乏掠奪性，但觀測或描繪某個回憶、情感、意義時，動用的參數又龐大無比——因此造成表達上的慢半拍，或乾脆靜默；一種對所觀看之景，瞬間湧出情感的自我懷疑，必須再一步確認——一種永遠處在「時間差」的現在、此刻，這個感受中的「我」總是因這樣的「慢半拍」，幾秒，幾分鐘，幾天，乃至於幾年後，那個「啊，當時的我該如何反應」或「我知道了，當時的我是這樣想的」，這樣的延後，再追捕上來的遺憾、懷念、內心獨白的對時光景的解釋，形成這個作者每篇文字，那充滿翳影，因為時空在極小、極私密的尺度內彎曲弧凹了，於是總是像波光幻影，正聚集成像的當下，就破碎，不，一個將破碎的預感。這種因為「更多出來的感性能力」而像數十張極薄透光的描圖紙、層層覆蓋、疊成一個極細微振顫的「此在」，一種連拍式攝影（譬如蜂鳥的翅翼，或簇放中的花朵）造成的連續性或倒反過來的「這是被剪接過的」幻覺，或正是他的每天作品，那說不出來的詩意與美感之謎。

對這城市要求也不能太多就是了，至少每天早上躺在床上可以看見窗外沒有被對面公寓擋住的一半天空，清晨陽光照進來房裡牆上挾著一道窗欄的影子，夜裡浮走在窗口邊沿的圓缺月體，有風流過，窗台上的幾株盆栽會被較大的雨勢波及，甚至一兩次出門忘了關窗，逢風挾雨勢濺了窗邊的桌上的一攤攤濕濘。他喜歡這種被模糊的界線，就好像不曾被阻隔、不曾分別過內外，因此可以期待更多向外擴張延伸的可能。儘管這樣想，但實際上，也許更大的緣由是這房間的確太小，或者說，打從一開始對於一個人來說就是太剛好的空間，卻沒估量到那隨之而來日積月累的必然，東西雜物越來越多，清了又清，想盡辦法要在這空間裡放進更多東西。

我想這或是很難言明、辨析他這些文字幽微、影綽的一部分密碼：他是屬於田野，或說風景顏色在完全曝光的南方的孩子，但終究進了城；但他又將「後來的這個自己」像匿蹤術，化成背景，成為城市裡那些下班時刻灰影重疊、挨擠的車流中的一輛摩托車，成為無數色塊畫素馬賽克拼疊後卻是一片灰影裡的安靜巡遊者。他住進了「太剛好」，其實是太小的這些異鄉年輕人都如是的出租小房。他既未像童偉格在同齡時，將之全景夢中「昔日田園」化，成為無限透析，透明，找尋無中之我的小說形上旅程。也不如房慧真那如黃錦樹所說的「勤奮的腳，攝像機般的眼」，給予這穿梭的被遺忘城市邊隅，追憶的化石岩層影魅與時間感。他也不像我的「無故事可說卻蹲點咖啡屋的保羅．奧斯特化城市幻術」。《戀戀風塵》那樣的舊月台或鐵軌布置，或我想許多他這樣的「北漂」年輕人腦額葉裡著迷的《不能沒有你》式的公路電影，都成切斷抒情電阻的不可言說之物，遺忘的夢境。但要如何啟動書寫？他自覺的從這壓到最小的暫存之我裡，「日積月累的必然，東西雜物越來越多，清了又清，想盡辦法要在這空間裡放進更多東西」，抽絲與剝繭，故鄉，或就是那隻死去的斑鳩，「從來都沒注意到原來斑鳩的平常灰褐羽毛下隱藏著那麼美麗的顏色，大部分是如同蓊鬱森林的墨綠色，夾雜一絲一絲的黃昏落日將盡彷彿要燒盡最後一片雲的紅色」；卻「避免探視那個角落，那個角落的黑暗就越是放大，每每出門下樓或是上樓轉角經過都會被那一直擴張的灰暗沾染、拉住。想著是否要把它移開另作處置，卻一直覺得這樣做彷彿是侵犯了什麼，或是擅動了不屬於自己的某樣東西」。這確實是一很難的，閃瞬消滅的，奇怪的怕冒犯的，卻又藏在眼皮下那死亡、背後、異鄉、如雨中鬼魂般的敘事發動。

有某幾個夜晚，我如常掛在臉書上，那像雨林中朝生暮死的菌種，小蟲，短短的閃滅眾人浮生的存在之屏，突然會浮現俊傑臉書上的一長段文字。如果那一短暫時刻錯過，它當即被淹沒在龐大的動態海洋裡。他這一篇一篇的文字出現在那短為王道的臉書雨絲之窗玻璃上，其實總顯得過長。但我每每讀了後，浮躁陀螺的心便沉靜下來。好像只有在文字的轉角再轉角，那些廢棄生鏽的大型遊樂場機具後面，文學的諸神早已離開，剩下一片廢墟給他們；然這個年輕人思索感受他的時代的專注，仍從那極窄的透視、遮蔽、散焦、流離，以安靜的書寫抓到那一瞬靈光，那些溫暖而明淨的什麼。現在這些文字結集成書了，各篇篇幅其實顯得不長，但我讀來卻又不覺得輕靈短小，像是一個真空管裡，精巧繁複的某種未來物種的設計圖，世界被微縮隱喻。它的每一鱗，每一爪趾，每一眼珠，每一脊骨，都是從這個繁華但虛無，喧囂其實寂寞的，「也許這個世界已被偷換掉了」，夢中之悲，孵長的獨角獸吧？但當你整本讀完，它又湧現一種難以言喻的溫暖。

祝福俊傑的這本書。

（推薦序）

祈望一處全新異境

童偉格

像是宇宙忽然對你露出一道隙縫，而你也剛好得見，至此之後你再也不是同一個人了，如果你看過那剎那……如果你選擇更艱難的那一種，活了下來。

——蔡俊傑〈在邊際與邊際之間〉

在確知本書書名以前，有近半年時間，我練習著，成為一部無有定名，也無定序的未來之書的讀者。這是因為去年底，本書作者蔡俊傑滿逗趣地，將書稿分作七個電子檔，一口氣寄給我，讓我頓時，好像身處戰國時代。我到影印店去，嘗試將列印所得，組成一部書的樣態，以方便閱讀。是在那時，我才發現所有檔案，皆從第一頁開始編碼，而沒有任一檔案，明示這書稿總體說來，該怎麼稱呼。我一面看著影印機吐紙，一面對著一部彷彿是以某種隱密邏輯，不斷重新開始的作品傻笑，只因（這當然是僭越的猜想）我好像目擊了作者，對個人第一本著作，不願輕易讓其定型、預付自我言詮的害羞情狀。就我眼前所見，甫「出生」的每一頁，都行文細密，拿在手中，有種適切溫度，完全可能，它們具體來自更漫長躊躇，與個人習練，而所謂成「書」這事，大概也只是必然（或不得不然）的一時結果罷了。當時我想：無妨欣然接受作者傳達的「原樣」，將整部書稿，分七份裝訂，隨取閱讀。

關於這部來自更漫長時程的書稿，我初讀不久就發覺了：其中並無什麼隱密邏輯，正好相反，所有這些細密行文，最要求讀者的，格外明確，即是（或可能僅是）沉靜而專注地閱讀。或者，能複雜點這麼說：我猜想，這部書稿最穩確傳達的，正是它極難能被穩確接收的實況。事關一個書寫悖論：當一位作者，想在一個逝者如斯的世界裡，轉注短瞬細節，成其恆定意義時，他獨身背向的，正是那個從來就不恆定的世界本身。

可能，對這位作者而言，書寫首先是一種重複地置身，置身於一種只能藉由話語傳達，所格限出的話語阻絕裡。在這話語異境中，奇妙的是，某些恆定的所謂「本質」，將被作者假擬為是靜默深潛，但卻不證自明的。如書稿中許多篇章，蔡俊傑延異表述的書寫想像。他想像，書寫的可能性之一是：

不去顛反整個世界，反而從整個現實的裂縫中小心翼翼的抽扯出一些隱於表層之下的東西，再重新賦予一種全新的樣貌。而本質是不會改變的，但新的形貌卻能突破以往的思維窠臼。讓我們重新去思考那些裂縫，在表層之下被隱藏保護著的無人知曉。

我們看見，是在這設想下，許多作者等距貼眼的查察，具體捕捉的微觀細節，在語境內，有了指喻向那「不會改變」之底蘊「本質」的可能定性。而所有這些細節，在話語格限裡所傳達的，也就同時，既是從那暫時「裂縫」中，源源湧現的細節，亦是對那「無人知曉」的恆定藏潛，最（倘若不是惟一）可能具體付諸白描的明證了。

如蔡俊傑所言：置身在這異境裡，「時間有不同的算法」。或者高低，或者遠近，非常可能，所有事關距離的表述，無一不標注著「本質」，與「形成可指喻向本質的形貌」，兩者間的必然時差。在此，我們看見的，是一種特屬於這部書稿的時空思維，或再現法則：或許，正是為了要恆定背向那一切無可恆定的紛錯，作

轉

痕

清晨醒來

真的醒來時，窗外已經天亮，床頭邊的牆壁還是持續間歇傳來敲打聲，那種敲打的聲音，應該是用拇指大小的小鐵槌，耐性而準確的一下一下扎實地敲擊在釘芽上，像有人穿著跟鞋在樓上的木頭地板踱步，即便已經盡可能放緩腳步降低音量，可是聲音還是像負重了似硬是從另一邊被迫陷擠過牆來，砸在他頭上。

痛，眼睛勉強睜開一些，摸著一旁的手機看時間，五點五十六分，花了一整個晚上整理房間，直到一個多小時前才躺下，這樣想來，如果扣掉因為吵鬧而糊塗醒來又睡的時間，根本也不算睡著。難怪夢到那艘一直被各種事情延誤出海時間的船班，整艘船上只有他最焦急，其他人都好整以暇的做著自己的事，或發呆看天看海看人等著。彷彿只有他才是真正想要離港的。

他還是習慣性地賴在床上，迷迷糊糊地邊拉扯邊放任著那個仍持續飄浮的自己。那一陣陣敲打的聲音如砲火般瞄準追擊交織火網，對之莫可奈何卻又無法忽略，而實際上這樣極小範圍輕微的單點交火，若非放在四、五點的清晨初醒，又是貼近著耳邊，應該很快地就會被各種甦醒的生活聲響給捻熄，也不會被注意到吧。

當初他在網路上找尋租屋處，逛了幾個租屋的入口網站，很快決定要選擇租住這間小套房的主要原因，就是因為它有一扇幾乎占了三分之二牆面的窗台。說實在的，若從外面巷子往上看，那擴建出去的窗台，像舊鳥籠一樣粗陋的幾根支架和洞網扒在公寓外頭的斑駁牆上，而這也只是整面牆上如長滿大小疣瘤一般的凸起物之一。儘管如此，無法顧及美感，至少企求有一道不吝嗇的窗口。

總之，對這城市要求也不能太多就是了，至少每天早上躺在床上可以看見窗外沒有被對面公寓擋住的一半天空，清晨陽光照進來房裡牆上挾著一道窗欄的影子，夜裡浮走在窗口邊沿的圓缺月體，有風流過，窗台上的幾株盆栽會被較大的雨勢波及，甚至一兩次出門忘了關窗，逢風挾雨勢濺了窗邊的桌上的一攤攤濕濘。他喜歡這種被模糊的界線，就好像不曾被阻隔、不曾分別過內外，因此可以期待更多向外擴張延伸的可能。儘管這樣想，但實際上，也許更大的緣由是這房間的確太小，或者說，打從一開始對於一個人來說就是太剛好的空間，卻沒估量到那隨之而來日積月累的必然，東西雜物越來越多，清了又清，想盡辦法要在這空間裡放進更多東西。每一次的整理，來回捨得，清出來的空間都是在替以後的堆放預留位置。

瑣碎的物事，瑣碎的生活，他持續希望自己不會成為一個瑣碎的人。

不情願的懶散坐起，環顧了房間一圈，原本在各個角落牆邊堆滿的東西都不見了，像是當初搬進來的第一天，空蕩蕩，什麼都沒有。第一天晚上他就是一只背包扔在床鋪上，打開睡袋就窩了進去，印象中那個晚上很涼爽，夏天剛開始，風裡還是梅雨結束殘餘的氣味。他發現窗外突兀地出現一塊橫空讓出的橘色售屋招牌，被用鐵絲固綁在那白銀光烙的窗欄上。他猜想是隔壁公寓搬走，那敲打聲也許是正在重新整修，他察覺自己莫名的開始在幫那聲音找藉口，而那敲打聲隨著他的逐漸清醒與越趨強烈的陽光，彷彿心虛地漸弱逸散，雖然不至於消失，但終也停回到牆的另邊，無法再穿透過來打擊到他。

旋轉門

不管在哪裡，或是在做什麼，總是會有忽然像踏進了旋轉門一般，身體感覺進到了某個陌生的地方，陌生的時間點，感知被周遭隔離了。那時刻意識到自己與身處的世界之間的關係是那樣清晰，如同用鉛筆描畫的黑邊，乾淨透明，就像是突然看見四周圍著透明玻璃罩。隔著它所看到的種種景色都被放大、歪曲變形，被凸顯拉到眼底的越近而越遠的距離感，而聲音被調為漸弱了，彷彿有什麼正在被隱藏，那些仍舊繼續的說話聲、車子經過的呼嘯聲，環繞在四處的聲響都成了嗡嗡耳鳴被拉得遠遠的，窸窸窣窣。

思緒的深處傳來類似齒輪的運轉聲，喀、喀……的敲音，似乎像是過度磨損而缺失了緩衝減壓的軟骨，或是黏裹在皮面表層滑溜泛亮的潤滑油光，硬是要在凹塌粗糲的地面運磨擦扯的動作著。還有那些經過身旁的腳步聲，有人每一踏步都像在擊鼓，有些步伐卻如蜻蜓點水漫滑無聲，快快慢慢急躁緩慢漫不經心，擦肩而過，對此莫名的緊張或是期待，但這一切都是瞬乎即逝（只有自己明瞭的處於呆愣），有些還得要事後回想才會漸趨清晰。

而每道迎面的眼神都像是敲擊，一瞥過後的餘韻空空地迴盪，一波波撞擊在被區隔開的真空斷層；而被扭拗的時間差消抹了準確的距離感，讓人在估量遲疑中踉蹌，再想避開也反應慢半拍顯得支絀。所以慌慌張張地，無所適從，只有當想要觸摸那一層透明時，會非常清楚的印下如同玻璃窗上的手印，印下在手掌上那些平日總被磨損的圈形或曲形紋路。然後才發覺，原來手裡握存的那神祕精緻複雜的，那些美麗的河流渠道，沿著這些渠道溯去，每當這樣想著，那河流潺潺從腳邊流過，前方河渠分支密布，交錯縱橫，下定決心踏出一步，隨即換在下一個岔口遲疑，遍尋不著的渡口，來路迢迢早已半身濕，眼前茫茫銀浪白條都是曾踏足過卻早已去到更遠處。

那些逼近的腳步聲與漸漸遠去的背影擾人煩躁，耳邊的嗡嗡回聲彷彿實體的撞擊，別再敲了，夠了，透明隔罩開始有了些微的裂痕，輕聲地嗶里剝啦乾淨利落如舞者跳躍著。世界即將崩塌，但一切都還沒準備好（此刻其實也不曉得要準備什麼），只好雙眼直直地盯著，然後發現，不斷移動的街景、往來的人群，看見與被看見的成了兩面穿透相映，虛實的光影夾錯相間，想定下眼，卻唯獨獨，在逆展的倒影裡看不見自己。

那些浮華嘻鬧的夢從來都觸不及他

臨近午夜，行人稀兩。循一樓大廳進去，旋轉玻璃門緩慢沉重，好艱難的移動著。而厚玻璃上手推觸的一邊布滿手紋，另一面冒著水汗。在持續轉動間，那窄小的過道無力也無所謂的攪和著，被困制的燥悶與刺麻的低溫混雜，在一整天人潮流淌的油腐中，醃漬提煉出幾近酸膩膚感的頹鄙氣味，彷彿生出觸手黏附著每一道鼻息。而每個被轉送出旋轉門的人，都被粗魯的對待，被迫從中篩濾著氧氣以及惱人的那些不只是氣味的種種。

再上幾層短階梯，左側有一環形的黑色大理石椅，他一樣還是坐在最遠的邊緣，垂著頭，雙臂撐靠膝蓋，身上套著髒汙而且過大顯得寬鬆的暗藍色T恤，整個身體像是被扔進大塑膠袋中的一個微小物件，只靠著微薄卻也是僅有的一點存在的垂重感，把那個能裝數倍多的空間撐拉成一長形褶皺的狹袋，如同褪掉的乾癟蟲蛹。而同樣鬆垮的黑色棉褲幾乎都蒙上一層粉末狀乾涸的灰土，膝蓋處與腿側磨損的較為嚴重，褲管末端像被隨意撕裂的紙毛邊，有一部分還被踩在黑汙的赤腳（那腳趾蜷曲，細瘦嶙峋）底下。

未曾抬起頭的他也許知道，那些早晚陸續走過身旁的男男女女，那些帶著乾淨漂亮的利落造型衣著褲裙，乾淨美好的五官，捕捉眼神的媚笑，眼色，期待被注目的誇誇演出，那些投影在大理石上的燕燕倒影——未曾抬起頭的他知道，那些他們大多數時間裡無暇顧及甚或毫不在意的注視切角，那道道瞬時的人間光景中游離的細節，像是強光之下眼底浮現的晶亮光點和透明銀絲弧線，緩緩晃晃，在布滿最精細密織血絲的瞳體中如筆走墨暈畫他偶爾微覷的那抹迷離神光。那藏於眼瞳網絡之中無限循環的推流隱轟轟地淘換，那些曾經見過的都隨長河翻滾，記憶如石，掀翻推磨迸裂削角，脫身而去的昔日執拗，而頑石終成齏粉。

偶爾幾次，在半夢半醒間，真像那麼一回事地看著倚靠的壁面邊角那幾道龜裂（若忽略了倒也能無視，但要看上一眼就再也難以無視於它），他對著積累的水漬和剝翹的漆片若有所思，而那些破敗在最美好的時候已經存在，他會對著斑駁裂縫吹氣，把脆薄漆片吹落如枯竭花葉。剩下的時間他幾乎就是睡，大概那就是他夢的邊框，內裡是滿載的空白，只有在一個邊角擠滿對年輕的、企望的、渴求的、他人的、軟軟的童年的、那些如鵝卵石般自己的夢。

而那些與他無關的嘈雜，腳步聲（他早已精於分辨各式鞋子走路的踏步聲），香水的氣味，經過身旁拂起的微風，那樣若有似無的流動，在恍惚瞇睡中真實而清晰，緩慢地讓人足以一一照見。他仍低垂著頭，微微挺身，而右手緩緩舉起，左邊肩膀縮了一下，沒有發出聲音（不會有人在意的）。接著右手往一旁伸去，那邊空無一物，虛抓一下，臉側了過去，眼仍瞇著嘴上帶著笑弧，碰地一聲倒在倒映另一面世界的大理石椅上。這次他依然沒能穿越過去，或者，他只有把身子留在這邊，然後引起一點點騷動，一點點側目，來往的腳步繼續，那些浮華嘻鬧的夢從來都觸不及他。

聽不見誰在嚷嚷

如果不仔細回想，實在對最近一次晴天或者只是薄透陽光灑在某個角落的日子感到久遠的陌生，彷彿這城一直浸濡在陰雨中。那地下道位於熱鬧的十字路口，附近從早到晚商家和塞在每個隙縫中的小販，溫亮的燈泡走近便覺得刺眼，人挨著人推走著卻仍有空隙讓冬夜冷風流竄，身處其中很快就讓人不耐，但隔著馬路遠望，卻是一片溫暖明亮。

在地下道的管路裡，偶爾前方轉角一瞬即過的背影。只有走遠去走近來的腳踏拖地聲間落，階梯積著水漬，每往下踏便濺起一些在鞋上。筆直熱鬧的馬路下蜿蜒的地下甬道曲折沉悶，空氣和濕氣被困鎖在裡面，只好在左彎右拐的隧道中亂竄、滯留，偶有人來去遺漏身後的些許還勉強新鮮的空氣，像是暗夜裡忽來的一縷馨香。對大多數人來說，這只是沒幾分鐘就可以脫出的地下場域，短暫經過的渡所。

才剛踏下石階，前方迴廊就傳出巨大的悶響，可能是因為這狹窄的地下道平時過於沉悶靜閉，那悶響彷彿實體擲地有聲，像是從山坡滾落的大石頭轟隆轟隆的在四周塑料牆板上反彈迴盪著，牆後空洞的幽幽震動從聲音攀上了觸覺，沿著這冬夜少數露出的皮膚漫動而上，像行走途中突如其來緊纏著臉的蜘蛛網，揮之不去。

幾個人影錯身，地下道中央坐著一個穿著過大而不合身衣服（那被扯垮鬆落失去布質彈性的領口與衣襬如同亂鑿的破洞）的男子低吼著，如同一頭被侵犯領域的獸。他的五官往一邊歪斜，也許是因為被無視或是因為不曉得的原因被激怒而憤恨繃緊著，像個未經世故雕琢的孩子，顫抖著好像毫無防備，彷彿沒有足夠肌肉支撐，因而特別容易感到痛楚的圓胖柔軟身軀，生氣似鼓著雙頰，兩眼獰睜，鼻孔噴大，兩手（極具存在感的）不斷揮動指著任何一個路過眼前的人大聲怒罵。說是怒罵其實也聽不清他在說什麼，像是，把每一句話都黏成一個字、然後每個字擠成一句話，也許有太多話要說了反而說不清。

幾乎每個人經過都故意把臉側向另一邊，盡可能貼著另一邊的牆走，生怕他突然起身，而自己被拖扯成了產生關聯的那人。默默的加快腳步（跑起來就太明顯了，會打破所有人事不關己的默契），只要走遠些，聲音就小了，只要再幾步路，上樓梯，就能脫出這潮濕隱匿的腔腸，只要聽不見，就沒聲音了。

在路上

從大馬路離開，進入巷中已經一段時間，午後的陽光交相織錯，迴繞在巷弄裡的樹蔭下。兩旁的舊矮屋幾乎被各自院子裡的粗幹大樹罩攏遮掩過半，陽光滑膩，沒靠穩就從隙縫摔了，碎綴著發閃。熟稔地走過幾道曲折的光蔭段落，便轉進那間矮房子。之前被火燒過，還好即時被發現，也就是進門處的木階與幾片拉門被焚毀。主要波及，是整間房子內外被煙燻得烏黑，鋪天蓋地的炭灰黑了到處，那種彷彿漫無邊際鋪蓋的黑灰垢非常難清理，特別是被火紋燒出來的，層層面面的纏附著（聽說有魂體徘徊處也會蔓生這種灰垢），其實看起來不顯髒，純粹就是舊朽。

當時這事僅稍占了一小塊報紙版面，後來似乎也不了了之。就好像每次以為的那些過場填空的廣告，幾乎是同一組輪播，不痛不癢地輕輕掃過了。大多數時候，非得要看入眼裡了才會在意，進而認定是重要的東西，而於一切都被快速的切換流遞的這個現實之中，在意跟重要早已像是被切洗過好幾手的一副牌（甚至好幾副牌），每個人只能撿拿手中僅有的幾張牌，然後常會漏掉幾張關鍵，就得從有限的組合中取捨出以為最完整的牌組。

後來那房子被花了些時間整理，作為一個展覽空間開放，裡頭不大，沒有隔間或走廊，空無一物。幾次經過都是傍晚或晚上，有時剛好看到一個正背著巷路鎖門的身影，那門看著沉，轉軸發出像嗩吶的長哀號，闔時碰醒一聲響鼓。巷內真靜，遠遠還有殘聲，而四周人家陸續飄出滋滋作響的炒菜油煙，拌著燉滷的醬香，那道身影背著路口方向往巷底一端走，沿途鑰匙時不時碰擊出脆薄的鈴聲。追著上去，在拐彎前詢聲，明天也會來開門嗎？不曉得在問什麼，可是那稀微路燈下浮出的臉一面了然——「會的，明天早點來。」像已經說好的約定，然後笑了下，轉身揮揮手。那臉倒是首次這麼近看著，反而陌生了些，不及每每從路旁隔著小庭院看去那麼習慣地，坐在入口門椅上，小些、模糊些，沒有聲音的。

進了門，屋內只是中間天花板的木格架上一盞小瓦數昏燈，其餘都是從窗上侵浸漫漫的光亮，下午的陽光偏斜，區占了各自角度優勢的光影緩緩偏移，直到天光被沒收藏匿。經過走廊底那道靜處的身影，微駝的背撐起低傾的頭，一樣揮擺了幾下手臂，直接進去吧，聲音從地板折返上來。

屋裡其中兩面牆上各自開了道窗，是老舊的木頭窗框，塗上天藍色的漆，作工不太勻稱，幾邊角落處漆色厚薄不一，邊沿有幾處因為摩擦掉漆而露出底下的淺褐木頭。中間各自框格的六片毛玻璃，摸上去如水波紋又像是被風推演的沙面，鬆散貼了各種紙樣，有一摞摞明信片，風景圖除了有明顯標地的幾張，其餘全看不出來處。有幾張是隨手的塗鴉，有隨手撕下的筆記本一頁，有各樣傳單，名片和或簡陋或巧思的各式折價券，集點的小紙卡，種種生活隨處可能沾上的跡漬，有些紙質偏薄的或是下筆重些，還會透出另一面的隱約字跡。

有點被強迫性的想起曾去過的那些地方，似乎到後來感到最大的分別就只有本身的歸處與其他。其實也明白是自己的問題，總抱持著一種異鄉過客的心態，走到哪都放輕力道，覺得無歸屬感，用這種心態環繞自己，營造一種不得到不失去、以為可自給自足的溫室。那些地方也都美，跟眼前這些風景一樣，都感到熟悉而深刻如每隔一段時間就出現開始反芻的夢境，翻攪翻攪，以為該有一次發展接續的情境，卻又只撿拾到重複的片段，大腦的運轉失誤，多次的夢複寫太多次，而被歸類到記憶的部分，再次出現就開始自動檢索然後快速歸檔，那些每次出現細小變化的邊邊角角都被略捨了，只留下最大相疊的幅員，也許被收藏在某一個暫存檔的夾層，然後在每一次清醒後，大腦顯層重新開機，暫存檔被遺忘忽視，甚至自動清理。

眼前，隨手翻翻窗上那些紙片，晃了一圈，從進來的門出去，而屋外的草皮因為被澆濕，映閃著銀亮水光，他不在原本座位上，而屋旁的窄巷裡傳來摔碎的水聲，那身影的側邊原來這麼纖薄。恍惚走著，心不在焉，靠牆太近了，手臂上擦出一抹白色粉末，微微摩擦痛感才發覺那牆原來是白灰的磨石子，只是老舊磨損，使得一粒粒碎石顯得圓鈍，縫隙被灰撲撲石垢填滿趨平，留下看似不認真塗抹的油漆刷痕。

鑰匙掉了

在停紅燈時他才發現鑰匙掉了，在這條上下班時段的主要幹道上，他被擠在車陣之中根本無法動彈。他想著剛剛一路上有否經過哪個起伏大的坑洞，足以讓鑰匙從早已鬆脫的鑰匙孔中彈跌出去。倉促的回想著，前方紅燈旁的紅色倒數秒數持續跳動，車子仍舊是發動狀態，蓄勢待發。然後綠燈亮起，周圍的車輛開始不安分的騷動低吼，像是大浪湧來只能被推著走。

他心底焦急，卻一時脫不了身，周圍那些對著路旁行人虎視眈眈、忽快忽慢或匍匐緩行在慢車道隨時方向盤一轉搶快劫掠獵物的計程車，還有幾乎占去整條車道的各路公車如同怒紅著眼吼奔的移動獸群，以及豹逐著綠燈以及下一個綠燈路口、在車縫中穿流的機車（看那流暢的動作幾乎是貼身滑過那同樣移動中的車輛），甚至是一回神，就像是被挾持似地同時被前方與一側的龜速車簇擁著，因沒有脫出的空檔而進退不得。

漫天的灰煙沙塵瀰漫，鬨鬧著，如萬千馬蹄同時踏足。他被惹煩了，腦子思緒就像是眼前那密集的交通號誌和鬼打牆的單行道巷弄，即便已經很努力的回想剛剛經過的路徑，卻迴繞重複著煞車、減速、不斷的覆履爬刷著固定的幾段行路，而期間總是不時衝出滿滿車潮打亂一切，茫茫然不知從何找起。

打從發現了鑰匙孔鬆脫後，他就對這種狀況預想過幾回，但真的發生了，還是感到無濟於事的厭煩不甘。天慢慢黑，他順著車潮繞了一圈回到最開始的地方，沿著路找，慢慢騎在馬路邊沿，任由車輛與行人擦肩來去，不斷搜尋著掉落的那串鑰匙。夜緩緩轉入昏黑，路上一片烏濛，他越來越看不清楚，除了車燈經過掃起點點零散反光。

就像是原本塞堵的水路中魚得到舒緩，下班的車潮漸歇，他循原路繞了幾圈後，把車停在一個小巷口，上方的閃黃燈自顧自的閃爍，少了鑰匙的機車仍繼續發動著。他想這樣下去不是辦法，想起置物箱有一字螺絲起子，也許硬扳可以轉動鑰匙孔，至少先把車停了，走回去再仔細找找。他相信唯有轉換一種方式才可以找到漏掉的某些細節。隨即便從置物箱找出一字起子，往鑰匙孔試著扳扭，卻也不敢真用力怕把匙孔弄壞，來回扳弄幾下，那小孔果然還是不為所動。而四周經過的行人開始對他側目，他心裡著急卻也無暇理會，這世界是假的，雙眼看出去所反映的也都只是自己理解的。

瞥手地弄了一陣子還是沒有成效，打算放棄了，就倚著車身休息。什麼都不做之後，也就不急了，他就像平常沒事一樣，車停在路旁，拿起手機滑著，印象中聽誰說過只要把火星塞怎麼了就可以，他還是上網查了「怎麼讓機車熄火」，出現了一大堆討論與方法。本來只是碰碰運氣，覺得這應該是個不太會有人上網討論或發問的問題，出乎意料之外，他隨手又查了幾個以為的不可能，幾乎都有人在發問或解答。

他感到有點莫名其妙，又覺得現在不是做這種事的時候，附近的蚊子開始失去理智朝他聚集。然後他才終於想到，最簡單的只要把排氣管堵死，車子就會熄火了。隨即往前置物箱探手抄起一塊布，立起車子的中柱架，繞到車後塞堵住排氣管口，接著本來還強壯有力的車子，像被摀住了口鼻，車身發出幾次顫動，漸次虛弱的吐氣嗚咽聲後終於熄火啦。他鬆了一口氣，把車子牽到一旁停車格內停好。路上的人車已經呈現退潮的狀態，此刻他腦子裡很清楚的浮現所有的路徑，甚至在記憶的印象中，有某一種直覺靈感湧現，他開始覺得也許事情並沒有起初想像的那麼糟了。

蜘蛛細腳輕匿地爬走

他在煞車前就知道了。這種剛下過雨的濕柏油路面，還有處處落款方圓的人孔蓋，都融成一片滑溜積水如透映反光的舊銅鏡表層。所以當他使勁握緊車頭兩旁的煞車後，被咬緊的輪胎繼續用滑行削磨的方式慣性向前，接著連人帶車開始緩緩向左傾倒，當他倒在地上翻滾了兩圈順勢站起來，看著眼前的機車持續往前滑行了一段距離，直到被路中央橘黑相間的分隔塑料短柱給抵住。

不知道為什麼，他當時腦中一直想起那種小隻的細腳蜘蛛，張動著銀白的細長腳輕匿地在牆上爬走，身體隨著每一支如同線弦般的腳舉抬移動而晃扭的樣子。

那是一台黑色轎車，看不清是什麼廠牌，車體略大於一般車且方頭方尾，一板一眼的舊式車款，車身外觀保養得潔淨光亮。雖然走在快車道上，但那車開得慢，在幾個紅綠燈前都曾打過幾次左轉的方向燈卻也都不見轉彎。他跟在右後方一段距離，大雨甫停不久，路上低窪坑洞都積滿了水，他邊騎車邊繞閃過積水，還要注意兩側經過的車隨時可能壓濺起一片水花。只見那車突然在一個右岔路口遲疑了一下，看著煞車燈亮起，右手已經放開油門準備煞車，但那車頓了一下隨即繼續往前直行。他不以為意地手一轉油門又開始加速，並順勢瞥了一眼左側照後鏡，卻沒想到一抬頭那車已經半右轉車身斜橫在馬路上，他兩手握緊煞車，馬上幾乎是當下，他知道兩個輪胎都被停住了，車子卻還是繼續前進，他看到前面亮起紅色煞車燈，附近的黑色車身被烘照倒映出一片炭紅。

他還站在原地就已經聞到濃濃汽油味，想往前走才發現左膝蓋彷彿被人拿棍子猛敲了一下、也許是兩下，又痛又麻，他慢慢拖著左腳到車子旁，吃力半蹲著把車子拉起來。夜裡馬路上沒什麼車，他牽著車到了路邊，左膝蓋的疼痛轉為刺麻，手掌上擦傷的痛感越趨激烈。

他晃著身體用右腳把車子停好，才發現一旁站著一對滿頭白髮的老夫妻，兩人一臉緊張的看著他。那應該是開車的丈夫發現他注意到他們，便開始不斷低著頭道歉賠不是，附近路燈的光似乎都被充盈水氣折散，他只隱隱看見那丈夫戴著一副厚重的金屬框眼鏡。旁邊老婦人露著一臉歉意地邊念著自己丈夫，接連說著晚上看不清楚還開車、天氣不好也不小心點之類的話。

其實一開始看到銀白的頭髮和還之於時歲的瘦小身形他就心軟了，原本對肇事者的騰騰怒氣只能轉而責怪自己不小心。他回頭試著發動車子，幾次之後車子順利的發動了，他聽著引擎運轉的聲音蓋過兩個老人的說話聲。他看了看身上受傷的地方，把車子熄了火，想轉過身時，發現左邊後照鏡已經龜裂如蛛網，才忍不住叨念了兩句怎麼不小心點之類的話，也許是從頭到尾他都不發一語，一聽見說話，兩老似乎越來越緊張無措，到後來那長得一副老好人樣（他終於看清楚長相了）的丈夫好像想起了什麼，慌張地從口袋拿出皮夾翻著，像是邊考慮著什麼，那婦人看到，馬上伸手從丈夫的皮夾裡拿出幾張鈔票，直說讓他去吃個麵線壓壓驚。但他早就不打算計較了，堅決不拿，只是不斷說著要他們多小心，如果是撞到別人，可能就沒那麼好說話了……兩老變得不知所措，看起來可憐兮兮，反而像是被欺負了，他看著也不忍心，左膝蓋又開始發疼，想想這樣堅持究竟在懲罰誰呢？

稍微遲疑了一下，態度也軟化了些，那婦人看著抓緊機會就把錢直塞到他手上，留下幾聲抱歉後，兩人便轉身晃著腳步往黑色車走去。而那身形相對更瘦小些的木訥老人，急著想打開那台顯得過大的方身大車的駕駛座車門，笨拙的在兩邊褲袋找著鑰匙，一陣慌，終於把自己放進車裡，遠遠看去，像是跨進了一黑窩窩的窟窿，他的身子又顯得更小了些。

他看著那車燈亮起，慢慢的駛遠，留下兩點紅光。這時他又想起細腳蜘蛛，他想著到底細腳蜘蛛是怎樣控制每一隻腳能順利的爬走著，他想起剛剛那兩老，想著那麼好的人看起來好像一輩子也沒做過幾件壞事似的，他想起他們銀白的頭髮很像發亮的蜘蛛絲。

你離開這島的那天凌晨

最近幾天，窗外小巷都從一大早就開始鑿路施工，兩三分鐘的路程硬是分成好幾天做，每天慢慢的挖、慢慢的填補。每每等到我下樓了，那些突來的轟隆巨響都消失了，啃咬地面的怪物正在歇息而變得溫馴。只見到一兩位穿著反光背心的瘦黑工人，灰撲撲地戴著膠盔，或者拿著橘色的三角錐在巷口挪挪移移，或者就蹲在騎樓的矮階邊上抽菸，在蔭影中迴避正興發著的太陽，邊瞅著四周來往的人，看著似乎也不急著做事，早晨慢動作，像還沒完全醒來，一副閒痞得令人歆羨。而剛剛從樓上聽得煩躁的施工聲響也是他們製造的，現在卻一臉沒事人似，看著你牽著車從他們身旁經過，並且不時盯著放在地上的飲料瓶怕被碰翻。「不好意思，借過一下。」真心的因為擦肩而過的打擾而感到非常抱歉。

騎車，走人。等到晚上回來，只看見那台挖地的小型怪手待在巷子中間路邊被鐵網圍籬圈繞了起來，長長的脖子彎低，如同街邊的流浪貓狗蜷曲著身子睡進了熟夢。一天兩天這樣過了，慣性失眠，模糊夢，醒來都像走遠，只記得有夢而想不起什麼，更為疲憊。彷彿被貼著身子給搖醒，繼續躺床上發懶，要睡也回不去了。而夜晚逐漸涼爽，在外頭也不捨回去，多賴一會。偶爾車隨意停路邊，呆坐著（也成了流浪的一群），什麼都不做，暫時不急，時間變得細微可數。而時間有不同的算法，例如高低（山上和山下）、遠近，移動時間，海這邊與海那邊，或者是多話與變得靜默，或者是寧願花長時間寫信然後不寄出，或者是每個人都有事只剩下自己一人落單，或者只是什麼話都不想說，或者什麼事都不能做。時間隨便誰去，說也不準。

打開郵件（而我正忙完一陣，懶坐在深夜的路邊，附近空曠，不遠處有酒聲，偶爾幾個略帶酒味的人從身旁經過），你說最近受傷、肥胖（唉，我自己也深有同感啊）讓你抑鬱，人的意志力變差，狀態很不好。就這時候我想起了最近讀到一段很喜歡的句子——「在海面上的我沒辦法拉起深海底的自己」。我又想到那時在山上的某個下午，前不久我們才剛看完安哲羅普洛斯的《霧中風景》，那時正在開竅，也許晚了所以急，但心底還是有一分自信，以為自己只要肯花時間，就什麼都做得到、都吃得下。後來又興致勃勃約著看《塞瑟島之旅》，我們一起盯著你的筆電（在號稱電器殺手的你手下，唯一仍能堅持倖存到你四年畢業，一路情義相挺，最後還被換成回鄉的旅費。也許再多的倖存，也可能只是增添了另一種別離方式的選擇吧），印象中，那一次撐不到半小時（我甚至掉了幾次眼皮），決定暫時放棄，撤離，不好意思的相視笑笑，以後再看吧。後來，也是好幾年後了，我把那部片看完了，從頭到尾，沒有瞌睡，而且說不出的感動。看完當下我也想到你，想說你如果也有把它看完，一定也會感動的，再想到的是，那個決定暫時放棄觀看的下午多麼年輕，這也算是時間過渡的一種數法吧。

還有一段片刻的畫面，像是結束也像是開始的切點，其實打從那時候我就知道了，之後不管怎樣都沒關係，因為我們都會更好，變成更好的自己——

我還記得你離開這島的那天凌晨，我騎著車帶你到學校外的公車站牌，你只背著一個大背包，穿著橘色背心和迷彩長褲，再更早些時候你便把能變賣的都轉成現金，幾年的種種成就那一晚孑然一身的你，對你來說，那些物品上的記憶被你搜括之後，它們的價值就只剩下多一公里的飛行里程或是另一餐的溫飽。

我們坐在候車亭的長椅上沉默發愣，離跟計程車的約定時間還有半個多小時。其實話早在這幾年都說了，當時有一句沒一句的聊著也有點不知所云。那一小段時間就好像是多出來的、卻又好像是一切的濃縮，同時讓人感到可以不在意的輕鬆與沉重的焦慮，當時的畫面成為了我記憶中一個極為鮮明的印記。

後來終於等到計程車出現，你好像迫不及待的轉身開門上車，我也迫不及待的終於把再見說出口，不，當時我說的是保重，你有點窘迫的把大背包塞進車門內並轉頭對我揮手（也許當下我們都覺得鬆了一口氣吧）。後來我獨自在旁邊的超商吃了一碗沒有味道又燙嘴的泡麵，也不是真的想吃點什麼，就只是耗著時間直到天亮。當然，在最後那段末日般的日子裡，山上飄散著比濃霧更濃烈的離別氛圍，那一天凌晨也只是令人傷感的其中一件事情罷了。

時間的黑潮

那段時間幾乎天天是這樣的生活，晚上沒事就窩在誰的房裡，幾個人漫無目的的聊著，瞎聊扯屁理所當然毫無自覺的浪費時間，談著當時發光閃耀如太陽般灼熱卻無法捉捏出一個形貌的夢想與更多更多一直來的未來，各自的煩惱憂愁愛恨情事就像是一盞盞燭火般搖曳風動，排列出一幅幅照亮黑夜的溫暖星圖。

那種種快活幾乎讓人以為人生就該如此，好像第一次衝刺的馬兒、初次飛行的雛鳥、首次噬咬獵物的幼獅，第一次發覺到自己有能力去完成什麼，掌控什麼，就像是遊戲裡升級時全身閃著璀璨的光芒，讓別人無法直視你，而你也隔著光芒看著這世界。

有一晚我們偷闖進寂靜的墓園，一旁白牆綠瓦的禪舍即使是白日也少見人來去，偶爾從窗口傳出規律木魚和敲鐘聲，在空氣中似乎就凝成密度更大的濃縮體，久久迴盪而不散。

四周新栽的樹苗疏落的細葉，幼嫩明透的新綠，如鏡般反射著光源，白天的日光爍爍與晚上路燈映照的薄薄螢光，等待黃昏時那一抹火燒的豔紅，那些顏色光暈隨著雲被風推送掀換，各自開放著不同時辰的花期，綴飾了一片疏淡。

我們幾個人或扶或撐的攀在欄杆上，銀晃晃的微涼觸感，夏夜晚風涼爽卻夾雜著焦躁氣味，月半弦，而眼下街燈如銀河星圖排列為夜紋身。總是有那麼一段日子足以燃燒而不知盡頭，可以那樣浪費揮霍、莽撞。

那時你說深夜的紅綠燈最是寂寞。

當行人專用紅綠燈的綠燈小人拚命的走著追趕著，卻永遠也無法與紅燈小人並肩，即使紅燈小人一直都是站在原地（他必須要學會等待），一個走一個等，卻無法相會的寂寞與悲傷。你慢慢的說出這段話，眼神疲憊，表情靜默地無起波瀾，背著光的人臉隱在陰影中，唯獨你那位置清晰可見。然後，我們聽完一愣，大笑著認同你說得好。沒想到你當時的一番體悟會成為後來的某種預兆，並以各自可以領悟的方式印證在往後的日子裡。

再後來，就沒有了。沒有什麼值得一提的。

這一片渾噩的平日光景，那種日後回想起來連年歲都模糊不清，非得要努力的想起幾件事才能給予界定，界定那時間與時間之間相連相接未曾因為你自身的遺漏而斷層的時光中，那些藉由回憶回想重演，俯視看的每一道軌跡的光痕，所有的預兆處處張顯發亮，如同深海漂浮在亙古靜寂幽暗的螢光小蟲，扭曲抖動。

你知道，那些立於幽暗之外的微亮光體，如同傷痕一般，因為疼痛、因為不和諧，讓你不得不在意著、注目著，唯美得讓你著迷而異化了此處更稀鬆平常的大片幽暗。

自此，時間的黑潮不斷的在夢裡帶來豐厚的洄流，那被網撈捕到的片段畫面，總映上一層水光漣漣。每每浮現你在燈下，身影依舊清晰，那張臉卻從此籠罩在光暈中，令人感到些許刺眼。

「所有接觸發生的人事物怎麼樣都無法一一記清，那些所愛之人的容貌總有一天也可能會忘卻，那些痛恨惡絕甚至不惜從生命裡剝落棄離的人事回過頭只餘下一眼淡然，那些被捨下的或是來不及追上的，那些與你相關你卻在某個時刻強自掙脫的，都被落下，成了一地塵土落葉，我們仍然行走其上，成了堆墳，我們則賴以為路誌。」

年

想不太起來，上次算著年份是什麼時候，畢業幾年？北上幾年？工作幾年？或者有時候更努力想要想起某幾年的時候做了些什麼，但這樣的回想往往都無法順利進行，要不是一開始就被年分加減惹得不耐煩，要不就是揀出時間，卻想不起那段時日的細節，最後常只好逆向敷衍自己——反正某些事情大概就是在什麼時候做的。繞了一圈，不知道到底在幹嘛，就是給自己找麻煩這事他總做了又忘，忘了又再做，總有幾件事情可以不屈不撓。

他已經習慣過自己的時間，「年」只是想要釣起時間中漂流的物事回憶時，那連在釣線另端標定的浮標。自從來到了北部後，除了時間之外，「年」似乎也更明顯的過成了某種黏接生活繼續的介質，成了更為實質、甚至可以跨過去的門洞或窗道。而總是，「年」的最後一天，除了滿街湧出更多慌忙的人車，時間變得比平時更緊迫地流逝，彷彿每個人在這一晚都有了明確的前進目的地。除了那些讓他不耐煩卻同時讓大多數人不厭其煩的爆擠人群和倒數煙火，等到這晚終於過了十二點，新的一年開始（啊，但不是還在同一個夜晚嗎？），歡鬧後路上街上洩散的人潮，不曉得是之前都沒注意到，還是這幾年特別明顯，似乎有很多父母帶著可能是國小、甚至是幼稚園年紀、正常時候應該早已躺在房間床上呼呼熟睡的小孩，卻在這種時間走在空曠曠的深夜馬路上。

不過這景致倒是令他感到熟悉，想起了小時候在鄉下（當時只有過年的除夕守歲，哪有什麼跨年啊），在上小學以前，平時都跟外公外婆住，每天常都是四、五點守著卡通，六點播歌仔戲邊準備吃飯，七點新聞，八點八點檔，到九點再玩混一下，最晚大概十點就會睡啦。然後早上約五點他都會跟著外婆醒來，走去附近國小操場運動，回來後再跟她去市場買菜。在那個年紀，要想晚上不睡覺總得有一個好理由（他也搞不懂為什麼日後會變成夜晚人，慣性熬夜），在他記憶中，與日後這些跨年的畫面相疊的，是在天公生的那天深夜。天公生得要從十一點（子時）開始祭拜，那晚通常都會提早去睡，睡前大人會提醒說今晚要拜天公，晚一點再叫小孩起來。往往都是正好睡到半熟時，就會被搖醒，瞇著眼走出房間，有時候是在家裡準備，在家門外頭桌上祭品都準備好了，一大把香偎著打火機或燭火一根根被點燃，分別拿香、拜拜。外面巷子和街道黑沉沉，只有路燈和各家門庭小燈亮著，模模糊糊的螢光暈暈染染，反而是手裡的、桌上香爐裡的香，橘紅的熱焰收束在一小點，拜拜，手晃了幾下，昏黑中一簇焰點點跟著搖晃，手停了，還得要擺晃幾下，再插上香爐。

有時家裡拜完，或是直接會去城裡一間很大間的天公廟參加集體的大拜拜，也就是在空曠馬路上架了一整排的帳篷，裡頭鋪排了桌子上滿滿的各種祭品，還有主祭桌上的大豬公、全羊等牲禮。對這小城而言，這麼晚了路上還聚著這麼多人，大大小小全家動員，人一直擠進來，香煙團捱著塑膠布撐起的帳篷頂，煙煙滾滾，大部分人手高舉著一大簇香，新火少煙，但一開始垂灰就喚成白煙疊成雲靄，人人穿梭霧茫，沿著供桌旁的小道走繞，循循往無遮掩的天空直矖，黑也不成黑，夜不是夜，白晝只是再翻過一層香煙、一片雲霧、一段時間。而更遠些的帳篷外邊，車行慌慌，挪移著停車位，正要走的，還有更多繼續來的。

這一天開始得特別長，也特別鬧騰，等真的人潮開始散了，祈願的人都回去了，各自帶走了桌上滿滿的三牲素果還有零食等供品，還有滿桌的香灰一洞一洞的擴開像是被掘開的土泥。也沒有最後，像是一個階段的緩衝過渡，香爐裡的香叢幾乎都燒到底了（有時香燒得太旺盛，會整個冒火，盡快一把燒了），而一旁圍起權作金爐的鐵絲籠（那原本泥塑講究的金爐在這種盛況根本不敷使用）裡燃燒殘餘下一團團灰燼中，隱隱冒著赤紅的焰光，明明滅滅眨著，周圍剩下廟方的人在收拾，用一根長桿掀翻著那堆被氣流輕拂著化燼屑屑。而帳篷外的天空早已透出虹白，像那火終於燒到了遠遠的祈願的天邊，但天又太遠闊了，一燒過就熄滅，連雲都彷彿是被燒過的一小角邊沿的邊沿。

後來他每每只要拿香拜拜（甚至之後在某些心裡不安沮喪，而想要有所依賴祈願時）都會想起，在小時候從大人手中接過香時，壓抑下那些幼稚小孩的衝動胡鬧，變得安靜、敬畏的，跟著站在身旁的大人，隔著一桌供品，朝著各種神像、或是香爐後看起來非常廣闊的天空，兩手握香拜拜，旁邊長輩會說「要跟神明（各種神明仙佛）說你叫什麼名字，幾歲，住哪裡，要保佑你平安勢大漢（台語）」。有一天他突然想到，平安他知道，但那個「勢大漢」，是什麼？「大漢」是長大，那「勢」呢？很厲害很擅長的意思吧，所以「勢大漢」就是對於長大這件事很擅長，就是要很堅強的意思吧，可能是這樣，再想著當時那些長輩對他說這話時的表情，他覺得應該不只是要堅強，其中還有不要辜負他們的祈願的意思啊。

蝸牛匿走的前言

後來有天深夜裡，他騎著車回去的路上，避開筆直的大路，鑽進接連不斷地小巷子中繞著，左拐右彎，在幾乎沒有車的路上，他專心地規劃著怎麼樣才是最順暢的迴繞路徑。

只是這一整天下來他其實有點累了，最近幾天眼睛特別容易痠疲，似乎是因為空氣太髒、粉塵太多的緣故。只是他原本就是隱形眼鏡的常態使用者，小時候因為重度近視，使得眼鏡鏡片都很厚重，以前也沒有什麼超薄、甚至是後來的超超超超薄鏡片，鏡片就是玻璃和樹脂兩種材質，配上那種老氣呆愣的大方框金屬鏡架，每次都壓得鼻梁上兩點印痕像玩笑般貼錯邊的小丑淚滴。一直到他高中時某次撞破了眼鏡，臨時應急到眼鏡行買了副隱形眼鏡，才真的感受到隱形眼鏡的方便，自此只要出門就會換上。而之後更頻繁的戶外活動、還有開始以機車代步，往往那兩片薄膜一戴就是一整天，更別說幾次睡著就忘了拔，隔天醒來眼睛像被膠水黏住，模模糊糊地混淆不清，又明顯覺得隔著一層乾瘍的異物，有時硬拔、狂點人工淚液弄得滿臉假哭，更多時候是隱形眼鏡滑到了眼縫裡，非得要睜大了眼，看左看右滑上滑下，彷彿哄著那些躲在牆縫或是手撐不著的車底的小狗小貓，循循善誘引導著它出來。

非常偶爾地幾次，他一覺醒來，忽然覺得這個世界不太一樣，好像被換過了，新新的。那種新鮮感不只是乾淨，就好像是車子換了一片全新的擋風玻璃般，對於周圍事物有一種與往常不同的距離感，陌生又極不真實，像夢，但更清醒。通常他都是愣了一陣子，左顧右盼，才想到一旁伸手抓找著眼鏡戴上，然後是一陣模糊，焦距被亂調了。剛睡醒腦袋傻，還不及醒神（不只發生過一次），竟然還以為那種一覺醒來近視全好了的奇蹟發生在他身上。但事實上他的視力當然沒有任何奇蹟發生，一如以往的爛，只是因為隱形眼鏡還戴在眼上，運氣好的是眼睛（過勞）持續分泌淚液，保持隱形眼鏡濕潤，使得他一覺醒來完全不覺異狀。每每這種情況發生，他總會刻意回想一下昨晚是否有夢？他想不論有沒有夢，會讓他趁著睡覺時一直流淚，那個夜晚也太傷心了吧（當然後來他再想起還是不免失笑，但他想那一份覺得好運突然降臨，沒有狂喜反而顯得一片冷靜不知所措，心底不斷想著現在該怎麼辦、要做些什麼的心情，也許等中樂透了，應該也差不多是這樣吧）。

總之，他還是有點不甘願回去就是了。放慢速度，非常慢地繞在這些熟悉的巷子裡，他發現有道牆沿上攀出來的九重葛花開得非常茂盛，他也不懂花，搞不清什麼時候才是開花時節，只是平時經過怎麼都沒注意到？然後沿著那些垂墜的桃紅花苞，看到不遠的轉角處地上開著一張報紙，上面整齊的擺放了一些東西，幾個杯子？模模糊糊，看不清楚，而路燈遠在那一叢九重葛的另邊，隔著枝椏花葉的空隙憊懶地爬著光霧，也許夜太濃稠，或就是空氣浮塵厚沉，那軟軟薄薄的光霧透不出那蓬花葉就散光了，無力地死成影子貼在泥牆上。他再怎麼放慢車速也終於滑過了那面泥牆，經過花葉身旁引起一波氣浪，輕輕推了一下，眼角餘光看到牆上束狀的花葉影子刮晃了幾下。他莫名地好奇那張報紙上擺放整齊的物件，腦子裡胡思亂想，其實也都無意義，今晚他也不會再繞回去確認，而且那報紙上的模糊物件懸念已經黏住他了，他邊想邊明白著，心底生了鬼，正不安地鬼祟著。

開始有點不耐了，修正了一下路線，減少了幾個迴彎，避過轉角，揀了回到大馬路的捷徑。腦子裡還是那張報紙，他真覺得自己夠了，也許是猜疑讓下了縫隙，突然變得心虛。而在深夜裡小城是另一個形貌，路上沒有人蹤，他把車停在一間便利超商前，像是偎著深海裡的螢光水母般，掐碰進了一陣柔軟的光體裡，連身子都覺得暖些。他在店裡晃逛了一圈，大夜班店員正在補充關東煮的物料，正在加熱的

細孔冉冉蒸散。令人不耐卻又顯得意識消沉，融化與汗流的夏日，躲藏與陰影，消極抵抗的夏日。

眼睛還無法完全張開，太過乾而痠澀，一手還撐揉著睡沉的額頭，邊輕著另手摸戴起眼鏡，看著眼前桌上因為趴睡而被兩手臂推出的空間，陽光從百葉窗片的間隙透印而出，浮游成一列明暗粗細的光影條碼，才看到原本被雜物堆埋的桌面上，殘餘一些泥土跟枯葉細枝。

他看了看一旁窗台光蔭下的幾盆小草樹，大都因缺水或烈曬而枯萎，有些則是哪段時間異常殷勤地澆了太多水被淹溺，之後再留意到枝葉變得薄爛褐黃，才發現根芽已經被泡爛了。他摸不清哪一棵嗜水、哪一盆又偏好乾土，總就一貫的憑藉感覺予以暴飲暴食（還有暴曬），隨手就是猛灌，直到過多的水從盆底汩汩流出，或就是連著幾日頹廢而懶懶看著盆土乾灰甚至硬裂。而那些癟乾的殘葉瘦枝像是經過細琢慢製的雕塑，成了一道道深褐的骨影。

全部也只剩下兩三盆始終維持著盎然綠葉，但也就這樣了，也沒見再長大，他想能這樣活下來已經是很不簡單了，更多的他也做不了，換大盆就會占更多空間，不換盆就等到根節盤桓茁壯占了更多盆裡空間，同時也和著水排擠流失掉原本就極少的土壤，直剩那些喪失供養與保水功能徒留裝飾存在黏附根莖上的稀疏甚或多處鏤空的旱薄土層，而枯萎都是從最底下的葉叢開始，然後逐枝、逐葉往上蔓延，又像著染上色，直到最後整棵植物被染成一種死寂無聲的焦褐。

也許一開始就不應該帶回來，就沒這些困擾了，他每每伴視著這幅衰敗的景致時油然而生的倦悔，卻又每次在外頭看到新的盆栽（他以為自己已經很克制了），腦袋裡轉了幾圈，一幅新世界的樣貌開展了出來，就彷彿洗心革面似又再重新下了一次決心，此次又是信心滿滿，一定可以好好的把那窗台上的盆栽整頓一番。

而現在看著那窗台心裡又是一陣沮喪，他發現手臂上也沾黏了一些褐色的碎土泥灰，兩手相互拍撥幾下，那被汗黏膩在皮膚上的土粒怎也撥不開，只是越來越小、越來越散，終也沾混得兩手掌都是黑細泥土。

儘管已經盡量小心，但兩手挪動間手肘還是碰掉了幾支躺在桌沿的筆，被揭醒的早晨是遲鈍地，連幾支筆掉砸在地板弄出的聲響都沉悶地那麼不起勁。起身走向浴室，幾步的距離迷糊間又踢倒了幾樣東西。而放開的水龍頭嘩啦啦水聲沖不進腦門，他只管洗手洗臉刷牙漱口，再坐回椅子上，拿起窗台上的灑水瓶向著盆栽灑點水，水珠收容了一點日光，才覺得這個早晨新了些。

他按下因電腦休眠而閃跳燈光的電源鍵，螢幕隨即亮眼醒來，桌面還停留在昨夜睡著前Email新郵件的頁面：

你跟我提過卻又每次語焉不詳的那篇文章，我找遍了可能存放的地方都找不到，依稀印象是有的。你提到裡頭有懸崖、海邊、很多很多的白紙（一疊或分散的？漫天紛飛？）。我後來努力地想了一下，隱隱浮現，似乎還有破舊的木屋，被丟棄不遠草叢裡的生鏽鑰匙，門被鎖著，是不讓誰進屋？還是囚困著誰？哦，也許還有來回不安的腳步聲、沉重地支頤在桌腳搖晃的破木桌上——好吧，也許這是另外一篇了。這樣想來一時間也不太確定，如果真有過那一篇，僅剩下這些殘餘（仍來不及被遺忘）的字詞，那些撕裂的景致，終也拼湊不出究竟當時寫了什麼吧。

其實又有什麼關係呢？這些被提到的字詞，似乎都像是我會覺得親近且常用的（也許根本就是熟爛的）關鍵字，有時候也常感到沮喪，彷彿寫來寫去好像也都那些東西，繞著繞著總有套重複的基底，像走爛的迷宮卻只好閉著眼睛或倒著走什麼的，盡量想些新的走法，或是那些不斷地延伸開展，盡頭之後還有盡頭的公路……倒也不是侷限，更像是……

只記得鬧騰了一晚刪刪改改，原來也沒寄出，現在卻想不起究竟要說什麼，而收件者空白。再看了一遍，移動著滑鼠時又推落了幾頁塗鴉的紙頁飄在腳邊，他還是對於自己的叨叨絮絮感到厭煩，心一橫，就刪了。

後來

到後來，我已經聽不清楚你在說什麼，只是你的聲音仍像是草皮上搔拂依依草葉，親暱可愛地擾人。我試著分辨電話裡傳來的背景聲，像是空曠曠的原野，道路一旁突兀的電話亭擺立著，好像是某個佇立交替時空中用以分辨方向的指標，或只是純粹紀念記憶不堪負荷而被迫分離遺失的碑石。

而接著間距越來越短的投幣警示聲，你口氣開始急躁，我彷佛聽到你慌亂蒐集身上剩餘的零錢銅板，衣服的摩挲聲，因焦急而顯得心不在焉（我多想跟你說別忙亂了，把剩下的時間，好好講完就好，讓我再多聽聽你的聲音，但這樣的話卻怎樣也說不出口）。短暫停頓幾次沉默空隙，才忽然想到不曉得你是否穿得夠暖，那風大得撲灌進話筒，你的聲音也像是乘進了亂流，斷斷續續跌宕，模糊不清，一直到最後像失足驟陷，乾脆切落，留下煩人又像永不會停止，一次次拉長音的嘟嘟回聲。

其實，最讓人感到難過的，每次回想起來，都想不起你最後說了什麼？也許你仍低著頭翻著零錢，忽然才被話筒裡的（決然的）靜默給告知？還是你早已放棄，打算好好跟我說說話，默數著最後一塊錢落下的時間，抓緊時間差，說出某一句醞釀已久的話？或者就是安靜不語，或者你也在猜想我？

大部分時候我們都很有默契的忘了，那些哭泣的時候，悲傷的時候，半夜還來不及入睡就被驚醒的活生生在眼前擺著的噩夢。有些時候因為無能為力使得自己感到卑微，好像隻身走過一座巨大空曠的鋼鐵工廠，遠遠的看那身影因為相對渺小而使得那構成龐大布景的怪物充滿了粗暴的美感。更別說，也許那讓自己發狂的用力憎恨憤怒的只是某一個湊巧。誰都可以惡狠狠地說著恨死了，從口中說出的話語多麼輕，但那些實實在在的存在卻始終讓人一籌莫展。

除此之外呢？簡單的生活簡單的感動，那些讓自己羨慕的美好。再之外呢？靜靜的活著好好的活著，別讓自己的面貌模糊了。

如果有一天，因為發現了那未曾目睹的秀麗風景而駐足不前，或是頻頻回首，或是記憶中曾進入的某一處再也找不到的神祕地境，確實的記得，然後流落在記憶的巷弄裡迴繞。而所有從前以及之後的全部自己，或是流淚哭鬧或是嬉戲微笑，每雙眼睛都在目睹，注視著那個永遠還未反應得過來的自己。

世界早就被靜悄悄換掉了

原本以為是漂浮的冰層隨波漂動摩擦撞擊，卻又像被龐然巨物吞嚥擠塞在喉嚨或胃肚裡的呼嚕聲，偶爾，非常少數幾次，像齒縫穿嘯而出的會拉出高頻音律的氣哨聲。

從來沒有人說夜裡很安靜，他說即使更早以前——好吧，不要說太早以前的事，說了你們應該也不懂，那是一個完全不同的世界了。但還是有些是一樣的，或者你也可以說是重疊著，就好像夜越晚越吵鬧，又比如說你有看過那種夜晚嗎？只靠著稀薄月光，卻可以在黑夜裡泛浮著銀晃晃的白芒，有點像霧，而眼前看到的不是亮光折射的視覺感，而是事物本身顯現的清晰可見……那時你真會覺得什麼都是活的。啊！他搔搔頭，似乎只有自己過於投入，這樣說別人好像也不知道他到底想說什麼，想到這裡，他也不曉得要怎麼說才好，好像要說也說不完，而且竟然被自己打斷也覺得意興闌珊。

已經被說過太多次了，太囉唆了、說話不清不楚、兜那麼多圈到底是要繞去哪裡？他早就應該要學會適可而止，卻又每一次都還是不甘心。其實他也明白是自己的問題，或者說，他早已經習慣於責怪自己，每次都被困陷在某一種無法脫困、卻又是自己一頭撞上的情境中。本來應該一切順遂的，只要他自己可以控制好那沒來由的情緒。問題是，他太在意失去了，所以即便曾花了那麼大的耐心謹慎應對，往往在事情發展到可能出現無法預期的變化時，他便著急的用一種豁出去的決心想要去理解不可知的部分，或者也就是想得回讓自己安心的，對現狀的掌握。也因此魯莽地打破那些曾小心翼翼維持的方式、默契、表面張力，以為至少盡力一拚了、嘗試了才不會後悔；事實上，隨之而來的，可能是連後悔的機會都沒有的決絕。

對此，他有一種自以為是悲劇英雄的壯烈自覺。再安慰著自己——有時候就是不得不大膽地賭一把，即便可能迎來的是犧牲，但不能因此而懼怕，與此相比，更不能接受的是什麼都沒做就被磨滅。很怪，他在意失去，但所做的一切幾乎都是以一種更靠近失去的可能性進行著，並且在每一個選擇的當下，都以為做好付出代價的心理準備。但所謂公平也只存在每個人自己的價值裡。基本上，也只是盡可能坦坦蕩蕩（或就是可憐兮兮）的等待著，期盼著那即將而來的，與自己預想中的相同，至少，不要相差太多才好。

他想起從別處抄寫在筆記本裡的一段，他說：讓我再念一小段就好——

像是在調整呼吸節奏，前進試探摸索所有可移動侵據的空間，慢慢的撐脹再重合疊影吞滅。我們正在夢著，也被夢著，然後經由那道對接的通道重新轉換再生。而無數的魂靈從那夢的裂口飄然而至，無從察覺的氛圍變化，下一層樓梯、一開門一彈指一眨眼，一回神夢已淹漫到了腳邊。世界早就被靜悄悄換掉了。而大多數的人還眼巴巴望著天空中暗黑陷邃的破口，四周風雲滾動光雷悶響……

大概是這樣，他念完覺得好像哪邊怪怪的，好像有些地方抄錯了，不過還好，他覺得這樣也挺好的。

只是想說經過的那一片海有多美

馬路上錯雜背返的車流中，在其中一輛瞬即過眼的車窗上倒映出自己的臉，他發覺自己（站在疾駛而過的車窗外）也坐在那輛往前竄去的車裡，並且一臉疑惑地朝著後擋風玻璃轉過頭來，彼此看著自己被送走。抬頭環顧，朦朧不清的曖昧景致像淋上一層透明顯得滑膩，而車流過的風吹彈著陣陣輕顫的震動，直到那凝固如薄脆糖衣的透明層開始迸裂發出剝剝聲響，然後一片片掉落翻轉發出閃閃的炫光，直到落在地上成了沉默的影子。

四周開始騰鬧了起來，他才驚覺自己莫名的處境，甚至他想不起怎麼來到這裡，被那不見來處與去向、彷彿從不停息的流動夾繞，困在發狠鬧騰的車陣裡動彈不得。看著眼前只有黑白深淺的世界，聽到此起彼落的喇叭聲和咒罵聲（他感到些微暈眩），眼前有股說不出的距離感，極不協調的光度，耳邊隱隱迴盪著嗡嗡的回聲。他知道這是夢（也許剛剛那車裡的自己，是另一床擦肩而過、分裂出去的夢？），卻還是顯得焦慮失措，呆愣著。這條路一望無盡，所有急駛而過的車子都毫不猶豫的向前，他數著車與車之間的縫隙間距，打消了橫穿的主意。

做下一個決定後，似乎就安心些，再去看看那些逐漸淡化成虛影的高速車行，除了無法移動，也不見有其他程度的威脅。

他也再次感受到重複的既視感，最近的夢實在了無新意，同樣類似的景致頻繁出現，儘管如此，其實他也只記到這裡，再進行下去毫無印象。他也不期待，大多數的夢始終是一趟經歷，不會是創造（他清楚且深刻意識到自己性格裡不喜作為的部分，讓他對於未知有極高的接受度，也因此耗費了多重或是重複的時間與機會，來接受所有廣泛而來的意圖）。

而後在他渾然不覺間，那近乎可以擦肩的車子在前方開始擠扭變成一顆顆的小珠子逐漸縮小跑遠。後方開始清空，四周不時傳來像是窗簾連續開闔那微小的滾輪在有限的軌道上連續拉刷所拖磨出的沙沙聲，就像是海浪的潮聲，一層一層掀開再覆蓋，或遠或近的環繞在四周，純粹的聲音像水花一般潑濺，並且在沾落的地方泛著銀白的光。就如同揭開相互疊襯的簾布般，他盡往潮浪的撲聲中走去，穿過一陣陣被腥鹹海風帶起黏附在皮膚上曝曬過度的發燙細沙。

直到看見海，在遠遠的天際仰望處，被直升機的巨大吊臂垂吊半空的巨手，粗糙的石質沉灰色，手腕的斷裂處清晰可見的斷面，從海中緩緩被綑綁拉起，淅瀝淅瀝的海水沿著斷腕的弧度淋淋而下，落水如絲如珠，夕陽遮了半天虹雲，幾艘船或行或泊，港邊的房子看起來都是憂愁的表情。緩慢而且沉重（重得一去不回）的樂聲終究跌落海浪，一層層堆疊沖拍，扎實無閃躲的撲撞在一塊，綿密揉碎，像再親密不過的擁抱，相互傾吐至死不渝。而那海面上悵然失物的流轉漩渦，在自行消弭虛無的過程中，還不斷的被浮滯半空的螺旋槳吹搧，柔軟壓陷了一片圓領，只有排擠到邊沿才激跳起破碎的銀白水花。而中心弧光層映的漩渦處咕嚕嚕不斷發出吞嚥的喉音，彷彿有什麼就要翻湧上來了（或是早已漸行漸遠的告別餘響）。

那自巨手上流落的如水銀反亮的巨大水滴，像是翻轉了無數的渾圓面向，流失在那時間與速度都失去意義的摺縐裡被夾藏在瞬逝之間。如同那部電影的開頭，他已經知道那是夢，卻還是感到畏懼入迷。景致似乎不再變化，所見到的就維持在一個狀態中，直到他意識到所有聲音消失的那一刻。

一個眨眼醒來，房裡一片黑暗，全身大汗淋漓，應該冷得分明的暗夜，厚屯的棉被裡沾惹了一身的黏汗，冷膩難受。憑著印象摸索了手機，沒有反應，不知何時沒電關機了。拉過充電線接上，銀幕泛起淺薄一層絨毛光芒。這夜裡什麼都還沒完全醒來。

然後一陣抖動，開機聲，接著傳來一連串催趕的訊息提示音，還有好幾通未接來電。後來你告訴我，當時只是想跟我說你經過的那一片海有多美。

他的熊抱抱

起初那小孩挾抱著那隻跟自己一樣大的絨毛熊並肩，不時擠眉弄眼，還拿著那比兩個手掌加起來還要大的相機亂拍。截取的影像就如同小孩好奇稚幼的眼，隨意張望卻可能無預期的被記在心裡。

那店的外口就像是鬧騰騰的廳子裡角落牆上一幅褪色的街景畫，舊舊的也許還有一點灰塵，顏料似乎有點落色，使得整個景致彷彿處在更久遠的年代。一推開門就有一股濃厚的花香撲鼻，正對著門口的是一架黑色的三角鋼琴，背上的大青花瓶插滿了大束今早採的白色百合，香氣濃郁卻也清新如晨露，女主人說只有當天採的才有這樣鮮活的香味，放到隔天儘管仍是香氛，但會攙雜一股悶萎的糜味。

你挑了進門之後第一個位置。一旁櫃檯是歐式的原木寫字檯，細長微曲的桌腳骨架透出意料之外的沉穩，滿屋子木頭地板以及式樣簡單舒適的木桌椅，加上牆上白色基調的擺設，正中間的鋼琴挨著吧台，黑色鏡面上映著成排裝滿餅乾的透明玻璃圓罐，不時有咖啡香隨著沖澆而下的熱水所蒸捻出的蜷繞水霧擴散出來。如果屋內安靜，還可以聽見咖啡從濾紙滴漏下來的滴滴聲響。

時值入秋，巷弄裡輕輕的風吹著浮起人們的步伐，空氣裡的味道仍殘留著夏天陽光的餘溫，像是楓葉的綠紅漸層，像是你從皺眉到舒展開了笑容的微弧，慢慢的變化又不吝嗇的使人察覺。我喜歡你一進門挑選座位的神情，我喜歡你雙眼直直的看著座位，乾脆的走過去拉開椅子坐下，接著伸開了左手脫掉外套，再伸開右手把外套整個脫下，我覺得那動作好像一隻鳥輪流開展兩邊的翅膀，整理著紊亂的羽毛。

那孩子把小熊抱在懷裡，小熊的一隻腳拖著地板，背對著我們的一球尾巴動也不動，那熊是世界上最難懂的，牠有各種尺寸大小、有多樣變化的風格，而且牠出沒的地方都不像是熊會出現的地方。這些都無所謂，重點是它總是可以討人喜歡。我心裡不斷想著小熊複雜的身世，邊看著吧台裡女主人專注忙活著，那恬靜的表情柔和足以化開那眼旁依稀可見的細紋。

我忘了你那當下有沒有說話，我盯著白色瓷杯裡繞著迴旋的琥珀色液體，我想著白色百合還有那架鋼琴，我覺得那個寫字檯的樣式好看極了，我聞到了吧台裡的咖啡味攙雜鬆餅的焦香和起司蛋糕的甜膩。而我跟你之間隔了一張小圓桌的距離，偶爾踢到對方的鞋子甚至是起身時不小心碰到膝蓋。

後來想起來，當時的我像一隻獨站在河邊石頭上的鳥，張望著河裡的蝦蟹，鬧烘著引擎聲的船，岸邊的燈火起伏變幻，那麼多事情在周邊發生著，不願輕舉亂動，怕錯失了什麼，兩眼直瞪瞪的瞅著隨機的變動，越專注越入迷，越入迷就越遠離其他，然後突然被另一樣事物驚動，轉頭，眨眼，來不及顧慮剛剛就馬上跌入現在。

最後一切都在開門的鈴鐺聲中返回。那孩子把熊抱回原來放在門旁的椅子上放好，然後回頭笑著跟我們揮手再見，你也笑著跟他揮手，越過我，我看著自己的倒影在你的眼睛裡不斷晃動模糊，扭曲變形，然後你又把眼神拉回來，我又開始明確清晰了起來……

動的是，大多數時候妳明知被敷衍著，也都還是非常認真的看待那些迸散無序、即便是重複多次的空乏話語，完全沒有絲毫不耐和瞧不起。偶爾心情好，看著那張臉會讓我以為這次是真的，妳真的相信了……

這就是問題所在，我可以預設讓想像如火般燃動綻放的重瓣花身，卻對眼前當下實在的人事，如沙戲畫，恍惚若夢。

同一個夢

夜裡的濱海公路一側，幾道光芒緩慢移動，沿著沾滿細沙的長棧道，走了一段距離後便下拐往沙灘的階梯，幾個轉折後來到一水泥平台，再往下便是沙灘，有人小心翼翼的矮身跨步，一腳一腳安穩的踏在鬆陷的沙上，有人直接輕跳，像是灰塵被撲開似嘭地一聲落在沙上，幾道雜遝足跡紛呈，往海的方向拉開。浪潮聲平靜規律的從四周傳來，退潮後裸露的潮間帶留下小窪小窪的不規則大小的積漬，光一掃過就閃著微微銀亮，透明水流在細沙上滑走，像是從沙裡湧出的涓流剎亮反光的朝向海的方向源源不絕流著，張開葉脈似的圖騰網絡。微蹲低靠近，幾乎可以聽見那在水流的顯影擴視下，細微的沙與沙之間摩擦錯動和水流動的泠泠聲響。

天空布滿星群，低溫的冷空氣使得視線更為清凜，彷彿可以看得更清澈通透，而海風的鹹味淡了點，冷自有一種刮鼻的氣味先行。

在他們之前，另一遠邊已經有一夥人聚集，接連放著高空煙火，煙花簇簇發出剎剎裂響，偶爾在點燃爆聲的空隙間，還會傳來羽毛拂過搔癢般的窸窣說話聲。夜太黑，也只有遠遠的那處空中有煙花碎裂，其他僅有的光源除了被橫亙在後方拉高的防波障壁之外，過一段木棧道再更遠一段距離的臨海公路上那過於刺眼卻在這樣颯冷夜裡讓人感到稀薄溫暖的路燈之外，就只剩下眼前黑絕的海天一色裡散綴著的星光漁火點點爍滅。

他拿著一盒煙火沿著沙灘往遠走，漸漸適應黑暗後，眼前的輪廓景深層次淡開，前面隱隱看到從防波障壁上方搭建出來，一段高架的棧道，底下如同迴廊般架空，穿插幾根結構的粗木條，像是一橫擺伸向海面的黑影，而海面看去似乎更高一些。還不到懸空的指向，已經聽不見後方的聲音，他轉頭喊了一聲「可以了嗎？」，沒有回音，接著便蹲下把沙撥平，再把那盒煙火放在沙上，找出引線，另一手拿著點燃的香像繞著圈晃飛的螢火蟲，幾次都從引線旁錯身，然後那一點螢火旁突然冒出燦亮的火花，他往回跑，跑沒幾步便聽到後面傳來一響一響的爆聲，回頭看見夜空劃開幾道火口子，那幾枚攀升的火光被拋到了他的頭頂上空，碰地一聲炸成一蓬彩色的煙花，他仰著頭看那煙花完整的綻開，接著火光很快的如同燃盡的灰屑般飄殞。天空彷彿伸手可及的迫近，耳邊仍是嗡嗡回聲昏鬧著，火藥的味道才飄來，對黑的適應被火光撲滅，只看見剛才那盒煙火放置處剩餘燃燒的小小火光，柔軟飄晃著，最後熄成一絲紅光，一點暈滅。

他邊往回走邊喊著其他人，黑暗中沒有距離的概念，步步踏陷的沙灘彷彿拉住他的腳，前面沒有回音，更遠的天空仍舊繼續放著各式煙火，只是風中不再傳來窣窣的聲響。他以為應該是錯過了，其他人還在剛剛經過的某處，繼續繞著周圍找尋，這時才注意到手上還拿著剩下一小截的香，螢紅的光點閃動似乎快要熄滅。

他漸漸又開始聽見海面上傳來浪潮的聲音，沒有風，但好像更冷了些，再過一陣子就要天亮了，聽說天亮前的夜最黑。他看著天空，星星更亮了，而幾乎是平視高度的遠方，大約是海與天的漸層處，原以為是海上漁火的紅光，此刻才發現是掛在矮空的星點。他再仔細看，那星星的光芒開始搖晃，並且逐漸濃烈暈染了遠方的整片天空和海面，而那陣紅光仍繼續擴張，蝕吞了黑暗，直向他淹襲而來……

後來的日子，他偶爾會掉到同一個夢裡——

他拿著一盒煙火沿著沙灘往遠走，漸漸適應黑暗後，眼前的輪廓景深層次淡開，前面隱隱看到從防波障壁上方搭建出來，一段高架的棧道，底下如同迴廊般架空，穿插幾根結構的粗木條，像是一橫擺伸向海面的黑影。

而海面看去似乎更高一些。他發現已經聽不見後方的聲音，轉頭喊了一聲「夠遠了嗎？」，沒有回音（他不確定是不是也沒聽見自己的聲音），接著便蹲下把沙撥平，再把那盒煙火放在沙上，找出引線，再轉身喊「要放了噢！」，這次他很確定耳朵沒聽見任何聲音，只是有非常清楚的意識感覺在說話。

他知覺到正在作夢，而熟悉的場景裡只剩下他一個人。以為夢就要醒了（以往總都是如此），過了一會，沒什麼變化，連手上拿著要點燃煙火的香也不見變短，停在同一處像省電ＬＥＤ燈。他疑惑的用手指慢慢靠近那橘紅亮光，沒有熱度，觸了上去也不覺燙手。

他坐在沙上，看著不遠的一片片潮浪滾出白沫，百無聊賴，連風都沒有。拿起手邊僅有的香，不抱期待往煙火引線伸去，突然冒出燦亮的火花，他來不及往回跑，幾枚攀升的火光拋到了上空，炸成一蓬彩色的煙花（沒有爆炸聲和熱度的煙火，像魔術盒裡蹦出彩帶般無傷）。他仰著頭看那煙花完整的綻開，黑夜白晝，而火光很快就破碎飄殞。

天空彷彿伸手可及的迫近，沒有預期中的火藥氣味飄來。四周依舊，只是對黑的適應（再一次）被火光撲滅，一片黑暗中，只剩腳邊的煙火紙盒還燃燒著些微火光，看起來非常柔軟。伸手摸，一碰著火光就熄滅。

他只好在黑暗中繼續等待夢醒。

瞬

幻影

所謂幻影的意思是，看得到可是碰不到，你覺得有可是真的沒有，你會猜想那些記憶中散落遺失的不完整的片段，那些失去前因後果、無所憑恃卻又在當下理所當然的存在著，若不去觸碰，那瞬時便會在不存在的空隙裡繁衍下去，若試著去接觸靠近那隱隱閃動的透膜，則所有細節開始模糊不清，就只是覺得種種好像應該是某一種熟悉的樣子，卻又像是太過熟悉反而說不明白了。

你不曉得的是，自己正在胡亂的拼湊，但你對逐漸清晰的成像感到安心踏實，而過程中也把討厭跟喜歡搞混，也許後來某一天想起，你失去對當時的篤定執拗，你無法確定對錯與否，但有時候是，即使知道是假的、是脫離自己的，也還是想要試著去相信，你不願辜負一路撿拾的害怕、流淚、開心、難過，那些無可自拔的悲傷、狂喜，那個瘋魔的自己，影影綽綽，浮動著，偶爾招手偶爾背離。

觀看的瞬間

「在觀看的瞬間，迅速長出多重蕈菇狀的宇宙，暴脹暴滅，同時也接連地塌縮，只是在身處的這個宇宙無從察覺……」

那時我與你對看幾眼，挑眉詢問，搖搖頭，不死心再張動嘴無聲探問，再搖搖頭，撇開臉。

更多的是這樣片面的回想，記憶實在不可靠，同一個回憶景致卻可以找到許多時光揉雜的線索，想不到是，那些深埋的情緒引線不曾被時光浸濕，只是這已經是著實的另一回事了。像是同一根枝椏蔓長的葉叢，不斷被推長，而末端的葉脈仍舊勉力吸取被拉遠的根脈那端的養分，轉化成厚實肉感的深綠色葉掌。所有的脈絡都是生命逸去的可能性。

或是另外那些夜晚，一整晚從山上到海岸公路，幾台機車或強或弱的孤燈搖晃，中途在海岸柵欄邊的簡陋咖啡車屋，紙杯裝的熱咖啡攙了海風鹽味，有一晚幾個人圍坐在一張四支桌腳不一樣長的歪斜塑膠桌，胡說亂聊，最後無語對看，後來才知道，原來那一刻每個人心中同時起了一樣的念頭，到海裡去。那夜的月亮像一抹細鉤，像不經意的輕笑，隱隱約約，像一道被鉤破的天穹。

再回想，只有退漲的潮浪始終源源不絕於耳，而且每次漫湧的水潮似乎可以撫平灘岸上的種種跡痕，非常溫柔的把所有可見的凹缺填滿，也抹平堆累的沙砌。就好像，無論在多深的夜裡或是嘈雜的鬧聲中，都彷彿可以聽見遠遠傳來沙沙作響的聲音，那陣陣從遠遠的地方傳過來的聲音，分不清是水還是沙，卻像是包裹的厚被，或是熱暖的外套，把自己含括起來，沖淋瀝過，泡浸在層層沙濾中，像你這次、下次、每一次的走過，你轉身，而你就站在眼前。

自此，時間的黑潮不斷的在夢裡帶來豐厚的洄流，那被網撈捕到的片段畫面，總映上一層水光漣漣。

簡單的事

那時候剛上台北，有一陣子晚上幾乎都到附近一家掛著簡陋招牌的路邊麵攤，有一點髒損的招牌下面條列了各樣湯飯麵食，那時我常攥著一個五十元銅板，或是一堆零散的五元十元硬幣到那麵攤吃飯，一碗滷肉飯二十，加上三十元的乾麵或湯麵，說實在的，這是當時我仔細評估後最划算的組合，可以吃得飽又不會花太多錢。

重點是，那麵攤阿姨待人非常和善，她豪邁親切卻又有一種與人一親近就會感到不好意思的害羞，總之她讓我想到南部，後來知道她原是高雄的客家人，因緣際會上來台北工作，偶爾閒聊（其實就是一兩句也許是出乎禮貌的家常），不曉得什麼時候開始她留意到我總是點了「五十元套餐」，慢慢的，端上桌的麵碗裡多了一顆滷蛋，甚至是一大塊豬腳，開始一兩次我疑惑地抬起頭看著麵攤阿姨，她卻是眨眨眼，小聲的說請你吃。其實當時我心裡非常感動非常溫暖。

後來搬遠了些，就沒那麼常過去那麵攤，有時候下午經過，就看到她推著攤車走在準備收攤的市場攤販間，別人都要收攤了，她才正開始張羅生意：把攤車固定在巷角，掀開幾張老舊摺疊桌椅，圓板凳張張排開，今晚準備的青菜、油麵意麵米粉還有招牌板條一樣樣從透明塑膠袋裡拿出來，已經事先煮好飯的電鍋趕緊插電保溫，油亮香醇的滷肉湯鍋微微加熱蒸散鹹香，小菜櫃各樣滷味分放，煮麵的大鍋瓦斯一開，麵撈就位，蔥花醬料油蔥蒜末，天際還留蠶白，夕陽餘暉中昏黃燈泡依舊是柔和的光散。水開了，路上行人腳步慢了下來，「滷肉飯、麻醬麵、貢丸湯外帶，小菜切豆干豆皮海帶，等等過來拿。」「阿姨，抄手麵辣一點，這邊吃。」好的好的，麵攤阿姨馬上進入狀況，隨手抓起一球生麵往滾水裡扔，然後迴身利落揀起幾樣小菜滷味剁切盛盤，淋上醬油膏再切點薑絲，接著身子一側，右手拿起煮麵的撈網幾個晃手把麵條倒扣碗裡，熟練地做好調味淋上滷汁撒綠白蔥花，誒——麵好咯。

有時候沮喪還會特地繞過去，看著那樣認真忙於手邊事物的身影發愣，看著麵攤阿姨只是做著很簡單的事，卻令人覺得無比踏實安心。

在邊際與邊際之間

在大背景的映襯下，與之對比越強烈的前景、人物，或是物件，看起來越渺小越凸顯其真實的存在感，自體的渺小是現實，但是其蘊含的意義甚至即使只成為一個符號本身，更能無限的彰顯其存在的真實，那本該被巨大的神性、被更大的意義吞噬覆蓋、從此附流為其中之一，卻從一念轉後翻轉成為另一邊的世界的接點，成為舉起原本這個鏡面的軸心。如航行在廣袤無垠大空中的飛行器，在沉默無聲的宇宙邊際飄浮的機械隕骸，水天一色中朝邊緣遠去消失在海天摺縫裡的船影。

是情感讓我們擁有跨越軸心的力量與感知，自身的情感、對世界的情感、自身投射在世界中的情感、被世界內化的情感。情感成為一種連結，在生命的歷程中形成一道道伏流，刻蝕下那些曾直面過的曲折，有時候會沖毀障壁，有時候則迫使渠道削擴，到最後連自己都不曉得自身蘊藏著那龐雜細密，如同心臟裡總是鼓動著的微細血管，或是大腦褶層中不斷運動的神經元。

不管世界多麼廣袤巨大，終究只能從自身開始，再慢慢承接這世界的種種，從眼耳鼻舌身意，吸收再疏導出來，但面對一整個世界壓縮的力道，又有幾個人招架承受得了呢？

還有那些平時不可見的，或是不可現於平常的絕美幻夢、直面無可抵抗的暴力，生命的無比虛幻脆弱、生命的堅韌溫暖，須臾瞬錯，在這些震懾的時刻，像是宇宙忽然對你露出一道隙縫，而你也剛好得見，自此之後你再也不是同一個人了，如果你看過那刹那（你已經成為去過或看過「那邊」的人了，甚至，你被原本的世界排斥出來，卻還無法進入另一世界，只能在邊際與邊際之間徘徊），如果你選擇更艱難的那一種，活了下來。

軸轉出的長嘯咿啞聲，她隨即停手，那磨耳的聲響像中途被阻斷的水流，跌落在濛濛漆黑的邊界，即歸於無。她背著光，幾乎就剩了剪影，走廊邊緣的一抹天空透亮（只是那光的邊緣糾結毛糙）。遲疑不久，她一腳踩陷了一處亮白，啪地一聲，翻倒了整個黑影暈染光的犄角。

纖瘦的身體輕易地側身抹了進去，反手把門帶上，底下的門縫頓時光湧如海潮錦簇的一叢白花，就把門外隔成一片無人知曉的迷霧。她扶著牆慢慢坐下，兩腳一蹭把鞋給脫了，兩手接連揉捏著腿腹。眼睛慢慢的適應了之後，黑暗便不只是黑暗，漸漸能模糊的捉摸出一個形樣。而那門縫的光仍不安分，遇黑就越發張狂，如火焰般張牙鬧烘著，燒燙了白瓷的腳趾，她用手撐著地板稍微往旁邊一挪，離門邊遠些，她就這樣靜靜待著，那門外的光霧終將消熄。

目光之外皆有路

找不到足跡，只有在邊沿處發現不起眼的細長黑便，即便在過道轉角處放上了數塊黏鼠板，反光的黏稠膠面泛著塑膠透明感，若真有老鼠，以那敏感的嗅鼻輕易的本能性就可以避開吧。但它始終還是有機會奏效，聽說幾天前的一早，其中一塊放在門旁的板上，黏了一隻約十公分長的老鼠，但迷糊失神（或者是自願？）也就那次了。只是之後更加確定，在這簡單區隔的空間中，的確藏有一道道目光之外的鼠徑，並且可能逐日隨著那些輕巧來回的細足蔓生。

為了找出老鼠的藏身處，牠們那陰暗溫暖的窩巢，只好開始搬動每一個倚靠牆邊的桌櫃，原有的擺置都向內縮近了一點，整間屋子像是空間一下子擴大了一些，而多出來的這一點點，就足以讓整個空間的觸感改變，好像更軟膩了些。

耗了一天的梭巡，依舊遍尋不見，沒有聲響沒有足音，沒有那毛叢叢的氣味，也沒有沿路掉落的食物碎屑。強迫症地（無法不）盯著那些邊縫角落，有更緊縮毛糙的焦慮感。

然後，桌上也開始出現了老鼠大便，在桌角處。桌上的小綠盆栽蔓長的枝葉末端也被齧咬，留下幾絲不齊的斷損莖絲。還有那些小玩偶，都被移了位，或被翻倒移動，也許不止是老鼠？有幾樣東西位置被更動過，卻是整齊的，甚至是一個小玩意被安安穩穩地放到另一個小盒子裡。

而最新的足印，是從掀開的印泥盒中走出來，悠悠哉哉，停留打轉。牠們開始狂歡慶祝了。

如果只是循著管路走，那些狹縫遮藏不見光的專屬通路，也許，在城市建築體的茂盛興建同時，也替牠們連結起那蛛網羅布的世界經緯，從一個建築體到另一個建築體，那些深埋在牆中和樓間夾層的陰濕窄小的隙縫，上下皆有路，而外頭的水溝渠道、街角路縫，還有偶爾如巨獸如奔河強弱間歇沖襲著的更寬遠的路面，直到那些誤闖，偶然對視，那眼中的世界完全不同，卻同樣是相互理解的警戒與陌生，還有一種身體觸感的嫌惡與本能迴避。

自顧自地聽說

第一次與你交談、正確來說應該是第一次聽你傾訴，便是那麼私密的一部分。說是私密，其實你的祕密早已經是公開的，那當中吸取你的生命如血蛭一般飽滿著腫脹的各種情緒，憤怒悲傷無助茫然不解，無論每一字每一句你多麼的沉靜平鋪，而我從後來望去的眼中總都看到那伏著身子的顫抖、無處不在吶喊嚎叫，或者你更習慣自處。

我很快的隨著雨聲流進夢裡，側臉枕貼著紙張上的墨字。你的過往被用口舌，用筆墨，用不捨的念線纏在銀杏葉的地毯上，對你來說，死亡只是第一輪的新月而至滿月的過程，屬於夜而不屬於黑。而你是那一類人，容易酒醉卻又喜歡喝酒，喜歡喝酒是因為你討厭酒醉。

出乎意料的那一短暫的睡眠我有個好夢。好夢總比噩夢來得易忘，我的好夢裡是看不清楚臉的（噩夢中自己的臉卻無比清晰），每個人的臉醒來後想想都是濛濛一片霧，最後醒來就聚焦在其中一張臉、最後沉在霧裡面。出了霧睜開眼醒來還是雨聲，空氣中的涼意微寒，我想起了昨晚看過的電影結尾，一列紅色的火車在沙漠中慢慢的行駛著，畫面從紅色車廂外緣往車頭看去，一旁偶爾穿越矮岩石丘幾根野草拂過眼前，叩囉叩囉叩囉地回響在無止境的黃沙中。

夢裡漂浮航行

這一次，在睡夢中，像是漂浮在深沉寧靜的洋流脈絡裡，身子被夢境包裹溫柔的放飛。起初只是感到無比疲憊而躺著，昏昏沉沉，總有些時候是什麼都不想做，只要能好好聽聽自己的呼吸心跳就很充實。一開始搭了一場短夢，夢到床鋪兩旁書架上和櫥櫃裡的書紛紛往身上砸落，而臉的位置彷彿像是特地被鑿空留下的天井，或是與虛空貫通的另一端點，天空對望的起伏山巒。

壓疊的書堆裡傳來水流動滴落的規律聲響，順著書頁與書頁汩汩流出，從那些開展岔落翻折的書縫穴洞中映爍著光閃，那流聲遠近而來漫入鼻中，頓時像是溺水的人被掐捏塞堵住呼吸，瞬間像是被世界給排除了出來，不知所措，同時卻還在意著是不是頂樓的積水又開始滲漏在天花板上。

慌亂中醒來，卻只記得每一本書的封面都被撕去，破毀的邊緣如雪花落盡。

然後，房裡一片黝黑，夜裡窗外的巷弄依著路燈蔓生。屋裡電腦電視電燈全都暗滅，連冰箱令人感到安心的運轉聲也消失了，以為是停電，但隔壁房間的電視播著綜藝節目的嘻笑聲，心想又跳電了，摸著黑打開總電源開關。

接著有了光，冰箱又恢復為房裡的心臟低沉作響，電視的電源像是空中的飛行警示燈，虛假的星辰。電腦自動開機，螢幕依舊選擇沉默，主機發出第一聲尖叫，喘息了數秒，第二聲尖叫、第三聲……（簡直是迫降至未及準備好的航道，顛簸的魯莽滑行）。我開始想念起載浮載沉的夢，靜默的深洋裡，溫沉水波能把這些慌亂緩緩推送，浮到遠遠透光的海面上……

知音

她坐在一張簡單的黑色摺疊椅上，那椅面圓小背靠短淺，她半踮著腳，雙手擺在前面的一張電子琴上，而那琴架在同樣是黑色骨架式樣的平台上。兩邊約隔了三公尺左右各架了一顆大喇叭，地上延著幾條線路。更遠些，幾乎要是幾個跨步的距離了，一群圍觀的人隨意站著，偶爾幾個走近的人會補上一二個起步離去的缺口。擠到內圍，地上幾對小情侶並坐肩靠著，剛進入黃昏的河堤處處映閃著遲暮橙黃，河面上粼粼波光灰黑山霧船影，而在她身後高處捷運列車停停走走，發車的嗶嗶聲，進站的減速切風聲，準備離站的隱隱加速，樹叢騷動著，天際殘光，行人來來去去錯身走動。

她的眼盲，看起來只是隨意的閉眼，如同那種會讓人不自覺輕手躡腳生怕一點聲響就會吵醒的睡顏。她卻彷彿不怕醒，雙手彈著旋律，時而沉默時而哼歌，也許晚了累了，她有時像自言自語般，彷彿忘了面前的麥克風，但即便如此，透過喇叭擴大反而聽不清那些嘴邊的話。那人走了，在被遺留之地唱著聽者各懷心事的歌，這是老哏了。

旁邊幾對小情侶坐在地上，頭靠著肩，靜靜閉眼，交握的手白皙稚嫩沒有多餘皺紋，比起來去人潮，他們好像才是真的聽懂感受得出歌聲裡的囁嚅。那兩顆喇叭甚至麥克風都顯得多餘了，或者那沙沙嘈雜的隱隱蜂鳴是用以遮掩的濾網，各自都必須忍受那些不協調的躁悶，耐著性子，睜著不能眨眼也想要直視核心。

山池

那是一條在山上微微曲折向上的灰磨石階，兩旁都是至少半人高的野草瘦枝，離開石階步道更遠一些，或是偶爾幾處稍微堆高的土牆上是滿山的芒草。在那條假日人來人往的步道上的某一個轉折處，也許是第幾個轉彎或是第幾個標示點，甚至是第幾階石梯再向左轉，如果仔細看，就會發現有一條非常不顯眼的、類似山裡獸道的小路。那路是以前進去過的人走踏出來的，後來沒人再走，就自然的被周圍茂盛的野芒遮擾、被逐漸修復還原了。那是一座鮮少人知道的山中池的入口。

他最近老是想起那座池。

冬天的山裡幾乎都飄著毛毛細雨，若是起了霧，雨勢隨即緩緩。越往山上去，只見僅剩的一點天光被遺留在雲霧的另一端。他這次獨自前來，早有準備的穿上了塑黃的輕便雨衣，一步步踏上石階。那天霧氣濃厚濕重，全身就像還沒晾乾卻又遇上連續陰雨天的衣服。到了印象中的路口附近，他四處撥弄草叢找尋那條小路，終於發現一狗洞大小的通道，上方布滿了雜錯的草枝。他用隨身的雨傘把草叢撥出一個側身的間隙，快速通過後隨即唰一聲那些一人高的芒草瞬間合攏，葉上的水珠蹦落彈飛。

當時是接近傍晚的下午四點，白霧的山裡只有他是闖入者，那種水氣飽滿填脹了整座山頭，任何移動都是一種預備負荷的姿態。偶爾一陣風吹草葉相互摩擦，霧氣捲動。他繼續在草叢裡鑽走著，循著地上約兩腳寬依稀曾被踩過滿是壓扁的枯白草稈的土壤地，兩手向旁側划動劃出一條可以閃身的路徑。

花了一點時間走出了芒草叢，視野煥然一清，那平常從石階經過兩旁被芒草遮掩的坡地上，是整山坡約略大腿高度的箭竹，嫩綠竹青蔥黃綠沉間錯，半空滾霧。更往前走是一片樹林，塑膠雨衣早就被勾得破爛，葉上都是水珠，一走過全被攬到了身上。前面開始隱約傳來一陣陣鼓譟的聲音，樹林地裡都是泥濘，腳底黏了一層濕泥，幾次他差點就滑倒了，直到下了幾塊大石崩落的落差，出了樹林，眼前卻是一片純然的白霧。

那濃霧帶有一種厚重感，彷彿可以實質的碰觸到，就像一球棉花，或是沾水便會化融結晶的棉花糖般可以摘捏。地上已經換成一片碎石子，踩在上面就會發出嚕嚕的聲音。忽然一陣齊鳴的嘓嘓蛙叫從白霧裡轟然驟響，聲音一透出霧團，就如同碰壁回響彈折，最後像是落進水底般沉沒在某處，隨即又回歸安靜。接著身後的枝葉開始微微地沙沙騷動，一陣風吹來，眼前的霧茫開始擾動出現皺摺，像是被拖拉往一旁散去。最先是下緣開始有些銀白反光，兩旁山壁橫叉蔓長的枝葉開始倒映在水面上，水霧的幕簾緩緩拉開，那池子就最初的一波漣漪隨著上方縈繞的霧散去，之後平滑無波如鏡，晃著銀白的閃閃片光。

芒雪

他騎著車往大屯山走再到了小油坑，在小油坑停好車後，沿著兩旁都是超過一人高的芒草叢的步道，往煙霧瀰漫的方向走去。山上的天氣比涼爽更多一點寒意，有風吹獵獵，卻沒有聽見任何樹葉摩挲的聲音，眼前的景致所見，顯得乾瘦枯癟卻還未萎盡的芒草像是冬天夜裡街上流竄的瘦狗，搖晃顛簸。他看著小油坑噴氣口不斷吐出濃烈的煙霧還有氣味冉冉升天捲屈發散，風中偶爾傳來遠處稀落遊客的說話聲，和長長石階（階與階之間高低不一的落差，隙縫長滿抽細的綠草，與石階本身的紋理相雜）下偶爾呼嘯汽車的聲音。

他希望這一次能找到印象中的那條小路，在石階上來來回回走了幾趟，滿身大汗，或者只是這山本就霧靄淹瀰。最後他還是走上石階盡處，回頭俯視，感覺上應該走了更遠的路程，靜靜看，總覺得來這山越多趟就越不如印象中的高深，後來倒是不厭其煩的穿行在那層疊接繞的廣闊中，並且確切知曉（並拒絕）所處的唯一高點。

久久再來一趟，莫名踟躕猶豫，困在階口想說或做些什麼，而手機沒了收訊，按了錄音，喉頭乾澀，而下方石階隱約傳來人聲。他印象中一路上來，後面不見其他同路山客，只是那說話聲越來越近而清晰，他倉促把手機切換到相機模式，舉手仰頭想幫自己拍張照，卻沒有一張滿意的，每張都怪，好像是距離太近，所有難看討厭無法入眼的都清晰顯露。他看著照片裡自己的臉，像個不相干的陌生人，卻又捨不得按下刪除鍵，直到石階轉角出現人影，他幾乎是閃躲著，轉身走開。

再往一邊走就是往山頂的路，以往從這處上山，他只會選在天冷的時候走，最好是秋末，在冬天的綿雨之前，芒花散穗，像雪。他曾賴了太多時間在山裡遊蕩，像荒魂，能去的都跑遍了，無法到的也極盡邊緣的可能，在山裡，不，也許是有一種循環卻又不重複的「迴繞」，在那一條條新舊雜錯、或平坦或粗野的山道小徑中，把來路和去處留下，只有自己在走著，朦朦朧朧中往預期之中、甚或之外趨近。

他打消了上到山頂的念頭，就是不想了。就坐在一旁的大石頭上，想著上次（記不得什麼時候了）在山頂上頭看到的風景，努力的想起所有細節——那天光拂照雲影捲走，記得那上頭是一塊布滿細碎礫石的小塊平坦的區域，那裡只有一張水泥塑造的長椅，似乎有幾顆半身大的石頭？還有什麼？風越來越大，快速的灌到他的身體裡，剛剛流的汗彷彿此刻才開始發涼，像貼著冰一般讓他直發抖。

巨石霧隘

就快要到山頂之前有一個小岔路，路口有一間矮小破舊的土地公廟，快要頹圮坍塌的石牆左右被塞了幾片石塊，小廟前沿有幾坨熔化的紅蠟成堆，幾乎都被覆上了一層沙土草枝，唯兩燭似乎是最近新擺上的矮蠟，蠟凝的黑色燭芯往一邊傾斜，應是山風吹滅。

那道路徑直闖進去，沿途是趨緩的矮林，有別於剛才一路上陡斜難走繁複的矮短石階，階上爬滿石衣青苔，濕滑不著力，每每腳得要抬高踏穩，若順著原來的步階而走，就算步伐已又快又急，還是會有一種永遠走不盡的倒退錯覺。

眼前的平緩樹林像是另一個深處，幾次爬攀，他從不曉得也沒發現原來在陡峭的梯道後掩，還有這樣的平面展開。這次他終於切進了某一層紋理，而不只是在這蔓蔓草頭上滑溜吹風。原以為需要花費一番工夫找尋，卻見眼前看去樹林深處幾棵大樹圍繞的一片鋪滿落葉的空地中，幾塊巨石堆聚砌落形似兩手平捧舉天的祭壇高台，在幾道纖細微弱從枝椏葉隙織就的罩網中遺落的光芒，像沙一樣粒粒推滾洩下，在那平躺的巨石上聚落一堆光芒，芒上塵霧煙飛，而腳下哧哧不停咬著碎葉。

花了比預想更多的時間，在影縫間他直直朝著那巨石落走近。剛剛登爬陡坡的瘆麻仍輕微的圍握著兩腿，因為過於急躁而忘了緩慢呼吸，忽然走了平坦步履才發現胸口居然在喘息，他逕覺兩眼昏暈，只好放慢腳步，反正在眼前了，快慢都是到。

那幾摞巨石遺跡不知道從何時就被擺放在這，每一個巨大的體積重量不是幾個人就可以搬動的，而它被置放的形態也不像是自然形成，更何況這麼高的山的深林裡哪來這麼幾塊巨大裸石，那像是手指輕捏著小骨牌片，小心翼翼還要抑制住手的微晃，再繞過避免觸倒那些已置好的周遭環景，恰到好處的輕輕放下，放到那個早已為它準備好的位置上。而後砌放的手轉開了，也許去忙乎別件事，這個應該是極精巧的擺設被遺忘在原地，它可能是一個極關鍵的景致，卻在某一個瞬時抽換的轉念中被忘置。或者只是牌陣裡某一塊骨牌發生失誤了，此地成了永遠無法到達的失落之地。

走到巨石跟前，石壁上粗糲糙乾，只有地上跟泥土接觸的邊沿環冒著一圈綠抹的苔蘚。他想攀爬到石頭上，繞尋幾圈都找不到立足點，不甘心的撫摸著石面，抬頭凝望頂上錯雜的枝網，那隙縫架插的小圓光柱，細緻而光輝飽滿，光裡塵霧如沙煙飄浮旋繞。他在山裡看過太多次這樣霧光揚落的景致，卻也無法把每一次境況複疊，在他遲疑片刻，一陣風穿過，擾亂頂上亂紛編纏的雜錯枝網，原本的空隙遮掩另露出短暫隙縫，光芒曲折跳閃，如執筆揮畫，而光柱裡的沙塵隨之偏撒，傾注在折映的芒柱中，隨風沙沙。

繞過了巨石，往樹林更深處去。眼前橫阻環開一排粗壯大樹，他撥開分岔叢聚的矮樹枒，是一道穿錯著大小粗細樹根的土坡，他拉爬在那些顯浮的根鬚之間，躍上了近乎一人高的土堤，只見一懸空的坡崖，底下隘谷充滿濃白的積霧。似乎因為剛才的起風，推開了沉厚的霧茫，在霧靄之後映現三道銀閃光亮，再細看，似乎是一座連三層的潭池，高處望去，大小池水透澈著藍綠泊光。風尾過後，那濃重的白霧又緩緩飄移，侵掩那些不慎顯露出來的空蕩蕩澈靜的池面。谷底回復到沉厚的霧白，並且似乎霧面翻捲，不斷朝上吐舌撕扯。

他兩手再握緊身旁樹枝，樹枝皮層濕濘滑手，即便想傾身再探望，也還是心有顧忌，那谷底潭池曾是他費盡心思也找不到的地方，他很確定就是同樣的地方，只是沒想到會在這裡看到。他想要更確定，便在坡崖上尋了一處較穩當的地方，等著下一次起風。在起風之前，他就看著那團彷彿從沒變過沒消滅過的霧團，那上空邊沿的霧舌捲雲，捲動撕拉。而他緩緩調整自己的呼吸，這一趟沒想到會到這樣的地步，但也無法就這樣放任不管，回想著剛剛看到的湖光，靜待一會，探頭估了估距離，再估了估時間，便起身，往四周探查，尋著一條朝下的狹坡，約就一人側身的寬度，他緊握抓著土壁裡的根枝，一小步一小步移動著。而霧靄絲絲縷縷攀繞，終也勾牽了他的腳，衍上了身，直到整個都吞沒了。

心地

後來他不曾再主動提過那座山池，只有偶爾進到郊區，才會模模糊糊地牽扯一些讓旁人摸不著頭緒的話，要再追問時，他已經一副沒事的樣子逕自走著，不再搭話。其他人從一開始感到莫名，甚至也曾惱怒，到現在都習慣他怪異的舉止，也不太理會，反正大部分時間每個人也都是走著自己的腳步。

山的土地遠比都市的厚實，似乎走在上頭能夠獨自乘載著更龐大沉重的心思，可以很安穩的踏下步伐，或者是說很純粹的感受著身體的重量、任何一道即使輕微卻仍可以察覺辨別的，背負的重量。不像在城裡，空虛鬆散的地層像過敏染病的皮層，挖鑿坑洞或裂痕，黏黏補補一如瘡疤腫瘤，而在空置的地底會傳來隱隱回音，或是在地道內間次快速穿梭的車走，破開窒悶的空氣壁呼嘯迴盪在薄如皮層的地面，空空如也，人們不曉得自己走在什麼東西上面，但依舊賴著生存的直覺而感到焦躁不安，像兩面粗糙的磨砂紙無必要卻又用力地相互磨損，耗弱的是生活、節奏，和意志。還有時間裡的生命韌性。

成人

凌晨三點，屋子裡開始傳出細微的窸窣聲，睡袋拉鍊的拖拉聲，刻意壓低的咳嗽，拖鞋的曳地摩擦聲一響一響，偶爾從黑暗中傳出沉沉嘆息。

房門進來走道兩側各一排的上下通鋪，偶爾光柱揮動映出不齊的臉孔，他的床位在走道右側的上鋪靠近中間的位置，剛好臨窗邊一角，整夜不時被風吹動發出咚咔咚咔的敲響。

他早已掀起睡眠坐在木板鋪上，濕氣裹著睡袋，內裡的長褲棉衣還沾染體溫微暖。高山上低溫輕落，不會壓得腳步沉重，卻會鑽入身體的隙縫裡，由體內長出刺骨揪心的針芽。

他挪動著不知是因為睡眠還是低溫而僵硬的手腳，在黑暗中摸索著放在身邊的外套，也是一陣濕涼，這山裡的濕氣就是黏人。他艱難笨拙的把外套穿上，像初醒的鳥，先伸出右翅再展開左翅，稍微抖擻，盡可能不發出聲音，生怕驚觸其他深睡的眠蛹。再轉身，下踏簡陋的木梯，知覺近乎麻痺的手粗略的繫好鞋帶，越過寥寥拖拉慢動的一、二身影。門板隱隱晃動，彷彿門外有一頭噴著鼻息的野獸，他打開一道門縫側身滑了出去，反手闔上門。

屋外太過寧靜而顯得喧鬧。風搔過葉子的拂動拍濺夜露，時不時中斷的間歇蟲鳴遠近來去如奔踏虛空的腳步聲，林叢上的月亮低浮在樹梢頂，微薄的下弦，星辰綴點，天空暗卻不成黑，不知何處澗流湍湍譜曲，時而冷冽風停，一切歸於真正無聲的靜寂，留銀河持續如千年的冰層緩緩融釋過往的辰光，直到風起，生命之河還又恢復擺渡，隨著山裡的靜夜浪擺不時敲出叩聲。

只有他是來人。他的雙眼發著淡淡光芒，胸口翻滾著一支線軸，不斷的把體內的氣力捻絲編繩往外抽扯，纏成一口一口熱氣呵吐霧了一團煙白。

他想要撒開四肢奔跑，咬噬撕裂橫阻的一切，在縱谷陡坡峭壁還有遍布樹根的幽林裡爬下爪痕，儘管在擦身的樹幹落下皮毛與血漬，直到了山巔，他想念褪去的那身毛皮和利爪，為著自己一身如葉般薄脆而感到羞辱。他想嚎叫，對著山說：你再也無法丟下我，你再也無法棄我不顧，我還是回來了、回來了！卻終究沒有吼出口，硬生生吞嚥下去，沿著喉道在身體裡糾結纏縛，留下另一個新結。他伏首跪地大哭了起來，無來由的忿恨委屈，而山魂彷彿無動於衷，他還是相信山裡住有神靈。

他壓抑了每一個夜晚，每一次獨處的時刻，總要努力的隱忍住從心底最深處浮現的那股衝動，當一個正常的人，他總是這樣告訴自己，有一段時間他也幾乎以為自己成了另一個人。有人從屋裡跑出來把他拉了起來，以為中邪了，他一直軟攤在地顫抖著身體，兩眼睜大瞪視，兩手掌卻緊綳如爪，像隻被捕獵的動物。

天際微光，那屋子坐落在山林，隱隱有一條小徑向下連通，幾道橙黃色的光線直拉到地，泥土發出溫暖的馨香，夜裡的冷冽恍若剛結束的樂曲攀緣裊繞，隨即被另一曲蓋過。

追影

一開始是因為周遭草叢不時傳來嗦嗦的騷動聲，像是有什麼摩擦草葉，偶爾幾下乾枯葉堆被踩裂的劈啪響，轉頭尋找也只剩下一片靜悄。樹林裡陣風倏倏，林蔭間只有自己腳步聲和足印清楚刻印下來。他很清楚有什麼正盯著，空氣中有股動物皮毛的臊味，他故意放慢腳步，放更多注意力在周圍草叢樹林。果然多走幾步，側邊草堆裡又傳來一陣騷晃，草束間刷透著黃褐間黑的毛紋，一雙炯炯有神的眼睛張望著，一對眼，光樣縮聚，倏地一聲往前躍起縱去。

他追著那一晃而過的花斑影子，在折入樹叢後卻沒有絲毫動靜，只是偏離了平常慣走較為平坦的路徑，遍地是腳踝高的草。

林中堆聚腐葉濕爛味被泥土托著，矮身撥手，穿過雜長的細枝蓬葉，林叢裡層層覆葉篩濾著最頂的陽光，清嫩的葉芽上浮著脈絡，柔軟的撐張著，微微光，身體摩挲的沙沙聲，兩手在前撥著像是在水裡潛泳，林中有水氣，惶惶浮流，光的霧裡有張抓揮弄著細肢腳的小蟲，蛛絲銀閃飄過，來不及閃躲便被纏上了，附著在肩臉上的纖細白絲是網的一段。

他聽到身後有細碎腳步聲，回頭看到一隻半身高獮猴蹲立著，距離約只有一個手臂。猴子也因為他突然轉身被嚇到（像一場再偶然不過的突然相遇），彼此對視著不敢動彈，那猴子先是擠眉弄眼似乎在笑，隨即左右張望後，朝著他點了點頭就往一旁竄走。然後他發現自己心跳加速背部早已汗濕，來過這地方幾次沒想到這裡有野生猴子。

還好離天黑還有一段時間，樹林繁葉的隙縫間透光，讓浮塵如水中流金，他繼續循著剛才那抹影子竄走消失的方向找去，前面草地上散落各色羽毛，還有紅色血跡點點乾涸。腳步稍緩下來，他才覺得口渴，想起入林至今尚未喝過水，也因決定突然而沒有攜帶。一路上的追（那不知已逃竄何處的影子）趕（得在日落前下山），終也積累著使得他每道喘息越趨深沉緩慢，非等到停了下來才著緊的感受到那股不自覺的費盡氣力，體力早已不如從前，不該任性的以為搶得過時間。

他越想越覺喉頭乾啞，好像哽著什麼，氣出一半，而呼息發出摩擦的喉音，嘴鼻開始嘗到些許甜腥。咳了幾聲，四周仍舊沒有其他聲響，只有風往一邊走，草葉窸窸不絕。整座山林彷彿即將要甦醒那般，好像什麼都開始張開了眼，他更強烈的感到被盯視著，四面八方，而他無處可躲藏，只能勉力拖著步伐往回走（就像是逃走一般的不甘心）。林梢後的天空逐漸深厚，以更快的速度收斂光線，天光仍剩下一半，而他回程的路更長。

破光

他第一次進到這屋子，差不多可以說是滾著進來的。

那天如同每一趟的夜遊，幾台機車在靜寂的山路裡繞騎，天氣很冷，也許不到十度，加上騎行時的風切，還好早已對這種低溫駕輕就熟，只要不下雨就好，保暖衣物加上防風外套，真不夠就再穿上雨衣戴上手套，除了露在外面只隔著安全帽鏡片的臉。相較之下，還是比熱天時騎車舒適得多。而低溫也使得行車減少，一路順暢近乎滑行，隨著油門微幅轉放的強弱控制，整趟車行連煞車都不需要用到。

繞著山道走走停停，時而並行笑鬧，明亮度不同而且或偏白偏黃的車燈刷過路面，在車速中只能大聲喊叫，才勉強能傳遞出破碎的話語而不只是聲音。過了幾道連續的大弧彎後，一路上太過順遂，他過於放鬆分心而沒注意到速度過快，臨下個彎的當下，已經不及減速壓煞車，直想著再壓低些車身該可順利通過，卻忘了冬天山裡濃厚的濕氣，泛得路面上一層稀微的水濘，最後車子打滑，拖壓左腿幾乎貼著地滑向山壁。過程中沒有發出什麼特別大聲的碰撞聲，一眨眼時間人便躺在草堆上，左腿一陣冰涼，褲管被磨破了一大塊，還沒感受到痛，就是與周圍完好而覺得寒冷的皮膚相比，受傷處熱辣辣的，反而覺得暖和。後來其他人說，只聽見後面一陣應該是塑膠車殼刮過地上，彷彿是跑過碎石子路的那種滾動噪響，也不特別響亮，就一下滑過了，再回頭或從後視鏡裡看，黑夜山道上薄弱的路燈照亮飛舞的點點蟲蛾，他早已消失在視線中。

後來他們回頭找來，才發現他跌出了道路，躺在路旁一間長滿樹叢野草的荒廢磚屋門前，呆愣愣地看著天空，叫了幾聲也沒有回應，像什麼都沒聽到似的。直到其他人把他扶了起身，他才真的知覺到自己摔車受傷這件事，第一時間問起他的車（早已經被扶起架在路旁，因為地面濕滑，所以車身磨損的程度沒有想像中嚴重，只是鑰匙在滑倒時鬆脫，有一兩人正撥著草叢尋找），本來直覺想自己站起來，一陣辣刺，左腳軟了，一個踉蹌又被身旁的人扶住。受傷了，這不是理所當然嗎？他又懊悔自己的粗心以及大意，總是如此，一得意就容易出事，怎麼警覺自己也還是會忘記。身旁朋友讓他坐在靠著牆邊有一半已經崩裂的長石凳上，一句接著一句怎麼會如此以及探看傷口和有無其他處受傷的關心。他卻一點都不想說話，怕會把對自己的怒氣遷怒到其他人身上，他知道他會，對於自己如此任性感到沮喪，「如果此刻只有自己一個人就好了」，他一次又一次地這樣想著。

事情發生時已經太晚了，後來一時也找不到他車子鑰匙，便決定先回去，隔天早上再過來找。折騰地回到租屋處，一躺上床他很快就入睡了。再醒來已經是中午了，渾身像被蹂躪過處處痠疼，關節處彷彿都被接上了尺寸不合的榫卯般硬是不對位，肌肉繃緊而失去靈活彈性。他是被痛醒的，累卻也睡不著了，撥了電話，昨晚的原班人馬又騎了車上山，只見他的車還是停在路旁，車身上還有來不及被蒸發消失的水露。一群人在附近又開始找起鑰匙，他因為受傷，所以還是坐回昨晚的石凳上。那時也才剛過中午，陽光熾烈，附近草叢上還反映著晶閃的水珠，一開始他被那破屋門框透出來的一整片陽光給吸引，撐扶著牆慢慢走過去，一進到屋裡，左腳膝蓋又開始隱隱發痛，也許是回到類似的困境與疲憊的身體容易被喚醒記憶。只看見那屋子雖然頹廢破舊卻不髒亂，磚頭與水泥的牆裡長久淤累的濕涼水氣（他總是可以進到每一間房子時，都嗅聞到不同輕重氣味的水氣，哪個角落濃稠，或是哪面牆掩埋潮濘如藤蔓菌絲般繁衍叢生的隙縫）在屋裡漫散，滲釀著泥土與草葉原始純粹的氣息浮動。屋裡門窗早都被拆卸，也許也不曾裝置上，只剩下門洞與窗口，還有附生在磚牆上壞裂的木條門框。

循著側邊樓梯上去，整棟樓更像座蟲蟻的巢窩，灰碌碌撒了一地水泥石屑。幾株綠草葉迎著牆沿撐持，大片的鋸齒葉面，細瘦而顯得透明，如同絲絲螢綠的光絲，輕飄晃動，屋子保有自己的律動，沾著窗口遺落的隨意光影。而透綠的另一邊是晦暗，沒有色光，雲影過處，天漸漸暗，他發現屋內有面牆不時會晃蕩出一波波漣漪般的水光，一圈圈蕩開擴散搖晃，在粗糙斑駁的水泥疊砌紅磚牆上泛著絕美的靈光。他正想喊其他人進屋裡來看，卻搶先被外頭喊住——「找到鑰匙了！」他們喊著他的名字，問他跑哪去了？他向著門口招呼他們進來，聲音從各個門窗孔縫透散出去，一群人陸續穿過空洞的門框，跟著他看著那面牆，等等，沒有動靜，其中一個找到鑰匙的人等不及，把那串鑰匙遞給他，鈴鈴作響，不知從哪照射的午後陽光反射下，牆上終也劃開幾道銳利的光芒一閃而過。

傳說——無人之境

若站在高點，像鳥一樣蹲在那裡的其中一棵樹頂尖梢，四周青綠漸層的曠野草原，而彷彿用力一躍便可觸碰到的天空，像是攙雜了淺藍粉末後沒有明顯透光的天藍色澤。

那座靜謐的山湖平瀾無波，聽說沒有風的時候，如鏡的湖水穩靜像是可以隨意踏上，或是清晨太陽剛從山頭露出光芒微暈時，那湖泊上縈繞昨夜的氤霧水氣，濛濛散白飄灰，扯棉絮般重團稀絲，人一走進帶來的熱暖使那霧氣融陷出一個人形的凹暈。沒有人的時候，那裡辰光凝存，只有日月極緩慢的輪轉，即便是一滴從草頭滑落的珠凝，在翻滾下墜的過程中會因為重力速度導致不斷凹扭，映閃折射可能在極遠處山頭從雲叢中翻露出來的太陽光芒，最後重重摔碎在泥土上，或是撲跌在其他更低矮些的草葉上，分散為更多更小的晶瑩水珠跌落在更小的葉尖葉緣，然後可能再跌落再摔碎，直到被泥土被根部吸收，或是被蒸散。只剩那土短暫的深褐，然後慢慢流過每一處沙土，一邊蒸散化氣從土縫煙溢，一邊向下鑽流，直到被土根吸收，或是消耗殆盡。

靜寂如漩渦像是一種暴力，吸引絞碎所有靠近的物事，其餘聲音都像是被大鎚敲打過的扁平刮片，風一吹過便被劃破割裂，一部分撲跌在山林落葉堆上拖劃出噪鬧的碎裂聲，另一部分則呼呼哭號著乘勢飛離。

傳說裡，樹叢中有隱隱蠢動的綠色粗皮尖牙小人，平時零散攀臥在矮枝邊上和石頭縫裡，或坐在林叢中陽光垂照的罅隙裡搖頭晃腦，不時發出嘰嘰窣窣的聲響，若其中一人從風挾的氣味裡知覺到陌生的味道，整群小人好像同一時間被切換了開關，瞬即從緩慢幾乎停滯的生命狀態轉換出來，開始群體往陌生氣味的方向移動，跺跺跺……那陣極為細微急促的跑步聲催得整座森林躁動不安，樹叢裡暗影幽晃，然後隱藏成一叢樹葉、一顆石頭，還有那些粗糙紋路的樹幹皮層，樹叢的大片陰影處，在那些視線和認知的死角之中，他們會睜著血濁並且閃著弧光的大眼瞪視著外來者的動向。

而更多無人知曉聞問的，那些孤人隻影背著自己的大行囊，走在杳無人跡的山道獸徑，或是僅帶著簡單的必要工具，一個人在數個山脈中縱走數月，那些迷走的時空，陌生不安卻只剩自己一人，那麼孤獨，那麼貼近自己，那樣排除雜念、一心一意的想著一件事，或者放空，或者每一個夜裡睡前非得要漫無目的的在寂寥街上徘徊行走，或者高山或者街城，或者就是那些無人行走卻還是在一樣的時刻為自己點亮的路燈……就好像，聽說那湖在沒人來過以前，更美。可是那無人紛擾之時境無從翻折了，也許現實原是密紋另面，卻被整個反折，留下如同一顆不可能掀翻的完整的網球反面。

轉

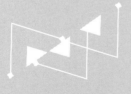

忘城

那城總是那麼差一點點就被遺忘了，或是以一種仍舊遺世獨立的景致，歲月風雨不侵不擾，在絕對的記憶裡成為某一段回憶的原型。而留在城裡的與指針無關，只是靜靜躺在原處的刻度數字，盡著本分、還有安靜又不喧嘩的生活模式。

這裡陽光美好，單純展露粗糙如璞石的一面。不知從哪天開始，逐漸化為夢的地界，時不時在遠近徘徊而逐漸被封存，成了童年記憶、對家的想望、青春嬉鬧稚嫩的百褶裙與卡其服、總在夢裡迴繞的田徑小路、不時風吹起綠色秧苗如潮浪般鼓動、稚氣臉龐和對什麼都熱烈的眼神、初戀、初生之犢的勇者無畏，如同萬花筒似流轉閃亮光芒。但夢在向外流溢滲透也同時對內侵蝕，許多人事物漸漸被移轉了，在急著往前張望時，在身後、在視線不及處甚至是伸手可觸的身旁，許多熟悉的都被替換掉，然後再突然以全然陌生的姿態出現，彷彿嘲諷著你以為該已擁有的一切（那些不得不經歷過傷痛、被刻磨後慢慢發出淡淡光亮的心智才能回首體悟的種種）。而他漸次穿梭出入那座幾近休眠的城，那裡有家。

他總是不斷地離開家再回家，途經川流的火車站總布滿了鏽蝕的橘黃色澤，漆壁上斑駁的粉末堆在牆縫。每一處口道吞吐，總都是出走的多而回來的少，而過往的人就得要自己消化自己，在這樣長時間與距離的消耗中，提取滋養自己的養分以避免被過渡中的空乏給虛耗。而那城的車站前馬路閘口般引領著少數的車流，唯獨在早晨與黃昏的上下班人潮，以及一朵朵青春開落如小花的男女學生，啊，就唯獨這時候他記憶中的城才像是一開始運作的場域，人車的流動像是一結界裡迴流的脈絡，穩定著潛藏的躁動，讓所有定格在時光之外的種種一往如昔，靜好的歲月、靜悄悄的活在被忽略的偏角。

幾度遠離而撐闊了空間彈性的他，對家裡最直接的印象是院子周圍種滿了各種樹。有一年夏天他回家，發現樹上似乎停滿比之前都還要多的蟬，時不時鳴叫，整天不分早午或有人沒人的時段，蟬鳴聲聲縈繞，陣陣襲來，像水流清澈刷洗著岸邊苔石。而地上常見碩黑的蟬體或正立或反躺著，橫在柏油路面上彷彿是深色的未乾水漬；那些落在草叢上的就好多了，多了一種理所當然，而生命的餘緒似乎還被草葉的細尖給擊頂著，隨風搖搖晃墜。

就在那個蟬噪得特別放肆的日子裡，可能是因為自己的低落心情的飽滿情緒，他也不太記得了，模模糊糊想到當時就是一陣悲傷又帶點怒氣的晦暗能量。他一晚沒睡，在清晨天亮就打開家裡那扇舊樣的木門，轉動鬆垮微鏽的鑰匙孔中的那把顯得銀亮銳利的鑰匙，空隆空隆——咿呀，即便是在清晨也不顯吵，因為外頭早已鬧成一團，蟬鳴挾著陽光曝開。他看見地上一個個可能是剛剛不久前才進入死亡，或是昨晚、昨日，在那些已然過世的時光裡溢散的蟬殼，他想像著那內裡是否還留有柔軟濕濘的臟體。看看曬在身上那麼強烈又無賴的陽光，想想也許只有昨夜以及剛剛死去的，才未受及這樣蒸騰的烈曝吧。

他緩緩走向那些蟬身，蹲下，撿起一隻黑褐色身體的熊蟬，那軀殼失去生命的靈活只剩下拙硬的手感。而那對蟬翼的薄透刷刮過手指上的皮膚，他當下莫名直覺那股摩擦的聲響就是風的聲音。他看著那透明翅翼上的紋理，像一道道渠流，像是空照的龐大水系流域，像血管，像是亂竄的路網懸騰在空中。他發現每一對不同的翅羽都有其獨特的紋理，一對一對辨認著不同的聲腔，只是聽者都過於粗心，或就是不夠敏巧，無法從襲來的潮浪中去分辨每一道獨特的水流。思緒被截斷是因為身體在發熱，早晨的日頭走得快，陽光越過原本的樹蔭攀到了他的身上。他發現手上那片蟬翼透著微微的彩光，他發現自己不知何時竟然把那片蟬翼從那拙硬的軀殼上拆拔了下來，看著還殘餘在蟬身上的那片透明紋理，他捏住根部，輕輕地扳動了幾下，也把它取了下來。等到他真的回神，手上已經拿著一對透明蟬翼，放在手掌上恍若無物。

看著那死後都還要被剝奪的蟬身，他一時不知所措，以為會有罪惡感，實際上只是一時想不到怎麼處理它，又覺即便再黏上也不完整了，他對自己竟然生出這樣的念頭而覺得可笑，便隨手在一旁草叢裡挖了一小洞，把那失卻雙翅的枯殼放進洞裡，掩上一層薄土。這樣就好，以為那枯殼從沒存在過，他自始至終就是得到一對透明紋理閃著虹光的美麗翅翼，這樣想來，彷彿得到了慰藉而感覺緊繃的心情逐漸放鬆。就在那天午後，他帶著那兩片蟬翼再次離開了家。

後來他再也不稱呼任何再居住的場所為家，只任由身心飄蕩流浪，在放遠征討的最後總都是，惟獨念守著故土的人最傻。

瓦

那附近仍有些舊昔日式平房和頂多三、四層樓高的洗石子壁牆舊公寓，偶爾一段波狀起伏的沉黑斜尖屋頂落藏在那些由簡潔利落的幾何線條搭組起來的豪宅巨樓之間，黑色的薄瓦片相互覆蓋間積累著殘枝和枯腐落葉，還有莫名出現的家居雜物衣服拖鞋以及透光的碎玻璃酒瓶。

他從沒特別留意過，但印象中以前在南部看到的魚鱗瓦片幾乎都是磚紅色。

在他南部的家裡，那個天空很大太陽更大的地方，只有一層樓的房子，是傳統的一條龍格局，以中間神明廳為主向兩旁對稱延開，屋頂的紅色琉璃瓦是後來翻建的，他記得當時他還小，在工程開始的幾天前，就跟著全家把桌椅櫥櫃搬移集中，再蓋上帆布塑膠袋甚至是一大疊的舊報紙。

他以為要翻修屋頂就得要先把舊的掀開，到時碎瓦鏗鏘碎裂如雨落，整間房子就會像那些在郊外野地或是村子偏僻角落的破敗房屋徒留四壁。

開始施工卻是那些穿著汗衫或是打赤膊、頭戴斗笠脖子上環披著一條毛巾的黝黑大叔們，把原有覆在屋頂上的紅褐瓦片一片片的拆卸下來，小心翼翼的疊放在一邊，避免碰碎敲損的從屋頂上一摞一摞的往下搬傳。那些拆下來的瓦片上滿布著黑灰塵垢，有一些在隙縫裡則長出嫩綠的青苔。記憶中似乎很快的就把整片屋頂給拆了，但屋裡卻沒有想像中的陽光從屋瓦被拿開的裂口直射而下，照出在屋內忙飛翻舞的埃塵，只見以往在神明廳兼客廳的上方，那根橫擺在斜尖屋頂中間的大圓木仍牢牢穩著其他往下斜張的小圓木柱，只有些許因為另一邊震動而掉墜的灰塵。他想到那些偶爾在夜晚從那些圓柱上失速落下的蝙蝠，那些黑軟不及巴掌大的夜精早已都不見蹤影了，後來那高深的錐狀屋頂下被架上了一層白色的輕鋼架天花板，大小圓柱建構的脈絡從此被遮隱在看不見的中空裡。

新的琉璃瓦片被從箱子裡一片片拿出來，比起一旁被時光刮曬過的舊瓦，新的屋瓦更厚了些，酒紅色的圓滑表面隱隱含光。那些大叔們利落地搬著爬上竹梯，一片一片穩穩的銜接堆覆，四周鏗鏘作響。在後來的日子裡，他每每在星月澄澈的夜，總會從後來搭建在屋後的露台爬上屋頂，躺在映著不遠處路燈微光的琉璃瓦上，看著那夜空發愣，而身旁靜悄無聲，他像是在水面上漂浮般放鬆全身，任屋瓦下傳來的零碎說話聲如水波紋般蕩開來撞擊著他。

時間的祕密抽屜

以前高中仍騎腳踏車上下學的時候，家裡到學校的距離約要騎半小時的路程，因為我很難早起卻又非得要早起，七點半（很不喜歡而且很少到過的）早自習、過七點四十就（常常到後來幾乎是天天被）記遲到，不過這裡不是要講校園生活。

那時上下學，都會跟著兩個好友一道約，更常是放學後，等另一人從別間學校過來會合，再去鬼混或閒晃。遇到考試期間，還得趕快一下課離開學校就到公園邊的圖書館搶占位置，有空位就書包一丟，書本擺在一格格約手肘高的矮板區隔開來的桌上，髒白的底板上泛著雲黃，然後就到附近巷弄吃東西，鍋燒意麵、鴨肉冬粉、春捲，或是一大碗的綜合冰，根本沒有在念書。有時候早一點晃回圖書館，拿出課本翻了幾下，如果開始不耐，抬起頭不是看妹（左右轉著頭找熟面孔像在點名似，如果這空間出現新面孔，打從一上樓梯就會被注意到，然後打從每一道目光走過），就是等著另外兩人抬頭（通常不會等太久），一旦對上眼神「老地方？」，便毫不猶豫地嘩啦起身，打撞球去。

晃蕩再晃蕩，小城的空閒時間有一種特有的空氣感，更自在些，也不緊迫，不會打擾也不容易被打擾，可以很確定的做自己想做的事，即便是奢侈浪費，也有更多更多花得起的時間，後來知道那是太過年輕而抑止不了、無意間不斷點燃的花火。

我想念那些年歲，喜歡那時的自己（即便更自以為的憂鬱些，那時所有事都可以是了不起的大事，只要自己那樣以為），懷念那些並騎的黃昏、烈日或突然的午後驟雨，無所事事的頹廢時光，無聊地沒事找事，闖入那些更寧靜的邊緣，拂過那些天涯海角的無人之處，發現所謂無人其實是無有來人，沒有人來，卻一直都有人在。那時自己也是，在尋找，或期待被找到，不確定有誰會朝自己走來，卻以為有些人從此就背著自己離去。而可以確定的是，自己已經在了，成為一種生命的時光中很重要的基準點，也許是現在，或是更後來的將來，再回望，會發現時間拉遠之後，那個基準點像永遠高懸的陰晴日月，像山崖，海洋，像是無垠的廣闊天空，而自己竟然去過那麼美（那麼肆意妄為）的地方，不，要驚訝的是自己就是從那裡一路走來。再看看此刻（每一個驚醒的此刻）。

當時每天放學回家，在其中一條常走的路上會經過一棒球場，棒球場前有一大廣場，在職棒簽賭還未爆發之前，每有球賽的晚上，以廣場中央的兩台塗鴉球隊代表色或幸運物的遊覽車為中心，聚集了各式各樣小攤販，烤香腸棉花糖爆米花炸熱狗還有橘色大塑膠桶裡面冰水中漂浮著大塊冰磚和各種罐裝飲料，附近的馬路邊或小巷裡停滿了大小車子，球場內的大型立柱照明燈把夜晚逆時沖淡，若從遠遠的地方看向這處，就像是黑暗裡發光的巨大螢光蕈菇。

在平時，那個廣場其實是荒涼的，白天裡褪裸了夜幻的神祕紗衣，入口兩邊是整片刻有簡單線條圖樣已經由白轉髒灰的石牆，周圍是剝落或龜裂的斑駁漆面，廣場上剩下一格格淡淺的白色停車格線。下午時候球場裡不時傳出練習的喝斥聲和清脆的打擊聲，約四點後，會看到附近國小的校隊球員，穿著沾滿泥土汙漬和紅沙土擦痕的球衣，自球場側邊小門進出，有人手拎著飲料罐或水瓶坐在石墩上休息，有人打著赤腳提著釘鞋，鞋舌和鞋帶在半空晃啊晃著，或者是拿著球棒夾著手套一路嬉鬧。

在廣場靠近馬路的邊沿，大約從下午兩三點開始就會出現兩三攤賣小吃的攤子，有小發財車改裝的賣炸蔥油餅、有改裝的三輪腳踏車上的玻璃櫥櫃裡賣的包子饅頭、有蚵仔煎、有沙威瑪，在五六點上下班課的時段，總可以看到每個攤車前都聚著或多或少的人等著，當時放學路上常常會在那停下買東西吃。

後來在路上看到賣包子饅頭或小點心的小餐車，都會停下來買了些，邊走邊吃。想到了以前那個下午騎著綠色三輪車，在馬路旁賣包子饅頭的老伯，其實若要仔細比較，他的包子饅頭也許不是吃過最好吃的，但卻是記憶中最喜歡吃的，記得當時常常是邊騎著腳踏車，一手掛著塑膠袋裡裝著包子饅頭（我都會買一顆包子和一顆黑糖饅頭），等到離開馬路進入村子後，在兩邊田地之間，在暮色疊染、遼闊得會讓人感到渺小的天空下，啃著包子饅頭，放開雙手騎車……

我想，有時候會對某種特定食物的味道永遠不滿足，永遠感到不對味，或者即便覺得不錯，但仍舊與心裡的期待落差，實在是有些記憶中的味道就像是收藏在過往時間的祕密抽屜，像是一種不明顯露出卻是著實存在回憶裡的坎。

反字

偶爾我會喜歡練習寫反字，甚至用非慣用寫字的手去寫。其實我很笨拙於寫字這件事上，即便是好好努力想要寫出整齊的字，那線條架構的方塊字仍像危樓濫建顫顫巍巍，如同一平時訓練都在打混，卻臨時被穿戴整齊抓上場的衛兵，不論是行進踏步或者原地立正稍息，總有股說不出的怪與僵硬，就是不扎實，動作不到位，威勢的樣子出不來，舉手投足都留些滑稽漏拍的空間。唉，就是一手孩子的塗鴉字。不過我倒是真的很認真的一筆一畫「刻」著那些反字，也不曉得為什麼，就是對這「遊戲」有一種不肯服輸的執著，好像我可以在規則的常理之外，有機會成就另一種補償。

其實，對於反字在小的時候就已經有深刻印象了。

鄉下家裡一旁就是村裡的媽祖廟，過年過節或是神明生，廟埕裡幾乎都有活動，酬神的布袋戲歌仔戲，普渡的全豬全羊的牲禮，一排排鋪開的紅色桌板，束束把把的香冒著星火香煙裊繞，一地錯落的步伐擠在臨時搭建的塑膠棚下，擦肩而過不時迎落那些高舉的手裡被震落的香灰，在祭拜的空暇或是擺放準備各家祭品時，左鄰右舍親朋好友像開同樂會，聲聲鬧鬧。或者週末下午，會有一些開著發財車廂型車的人，拿大聲公喇叭著幾乎可以起死回生的各種家傳藥丹和活膚生骨的狗皮膏藥，更別說平時四、五點固定經過的三輪車臭豆腐和修理紗門紗窗賣家庭五金的小貨卡。到了夜裡，整個村子除了幾家窗亮，灰濛路燈的光霧飛蛾拍翅啪啦，遠遠駛來的車燈短暫刷亮兩旁田作，路旁人家的矮牆與電線杆，遠遠就聽到引擎聲和輪胎掄輾碎石的嚕嚕聲。記得有段時間，父親還有那些不時來泡茶的叔叔伯伯會聚在廟埕裡，拿著各式刀槍劍棍演練宋江陣型，喝叱喊聲棍擊刀敲，風涼徐徐，空氣裡都是汗鏽味，我們會坐在家裡後面的圍牆上，或者就攀坐在廟前兩邊的石獅子上看著。

印象中第一次是在小學時某一年的過年期間，村裡來了一組陌生的人車停在廟埕，打從下午就開始忙起忙落，組架不知名的機器，並且在臨我家後面的矮牆邊架了一大型白色布幕，嚴格來說應該是米黃色，上面有點點深淺不一的汙漬。然後時近傍晚，他們開始從廟裡搬出摺疊鐵椅和各式板凳，大致排放之後，就坐在車旁吃著便當。他們幾乎都戴著帽子，總都是低著頭比較多，似乎也不多話，即使吃便當也都是各自悶著頭扒飯，吃完就在一旁抽菸休息。入夜後，大約是七點半左右，各家差不多吃過了晚餐，開始疏疏落落往廟埕聚集，家家大小都來了，選定了椅子，還有人自個從家裡提著板凳過來，村子裡難得夜裡這麼熱鬧。記得當時播的是周星馳的《濟公》，我們就坐在家裡的圍牆上，反著看那第一次的電影，那時對於電影的印象，除了極近距離由下往上看的巨大周星馳在天庭耍痞、舌戰眾仙神之外，就是那一排高度位置剛好在面前的字幕，一開始反著看非常吃力陌生，卻也邊聽著簡陋音響的對白一一對照了那些反字，好像也糊里糊塗的就把那部電影給看完啦。

黑暗如雲霧飄浮

小時候，睡覺的房間是通鋪，家裡小孩在那一片木板床上，各自有各自習慣的位置。那房間一開門會聞到老舊木材的氣味，迎面是一個小空間走道，左邊牆上開了一扇大窗，走沒幾步就是一道鎖死的門，門前堆放了一些印象中很少移動過的雜物，其餘就是大約比一般成人的膝蓋再高一點的高度用木板堆排而成的大通鋪。這通鋪只有在靠近走道一邊有一矮木拉門，其餘三邊都貼著牆。

有時候一個人跑進房裡，趴在床上打開拉門兩手扳著床沿倒頭窺探，也許是角度的關係，卻見從窗外透射的光線在拉門邊緣徘徊，甚至還不及當時小孩的我手臂能搆到的深處，當時只是覺得那團蟄伏床底下的幽黯令人恐懼。印象中裡面置放的有積滿灰塵的罈甕，浸著各式中藥的琥珀色酒瓶，一些無以名狀的雜物與大小盒子，似乎還有一只大小似乎是行李箱。這幾樣其實也是後來靠著當時微弱光線所留下的稀薄記憶所辨認出來的，只有這些是被光拉住的，更多的早已被那更深的彷彿有引力的黑暗噬空。

有幾次那底下的拉門沒有關上，一打開房門隨即就被床下雜物的反光嚇到，像是有什麼在黑暗裡盯著，或是一些破碎的聲響（即便有時候發自於窗外或是房間上方的木板夾層）都會很在意。在晚上睡不著的時候，便會不由自主想著床底下，被區隔的空間裡充盈著的黑暗，正像雲霧一般具體而且柔軟的浮動著。那時候房間裡沒有桌子，就是簡單的大抽屜衣櫥，還有舊的木雕花化妝台併放在通鋪上一邊，房門進來右邊牆上有一凹置在牆上的小櫥櫃。那壁櫃上放滿了各種男孩會有的玩具，合體機器人、金屬小汽車、各式模型，常常睡覺時我會拿個一兩樣放在枕頭邊。

記得那時我們比較大了。有一次，連續好幾天房裡都散著一股黏膩的異味，剛開始很輕微，以為是附近的田地在施肥的氣味從窗戶外飄進來，但走到外頭又完全沒有聞到任何相似的氣味。那股味道似乎賴上了，本來只是像一顆顆飄浮的氣球任意的在房裡飄著，只要避開或繞過就好了，可是到了後來，那氣球彷彿被戳破了，包裹在裡面的什麼在不知不覺中噴散四濺，整個房間都覆上一層酸腐氣味，就好像東西放久了自然發出的味道。終於那股味道已經成為一種充斥著整個空間的不安氛圍，讓人無法再假裝可以繼續忽視。我們翻箱倒櫃的找，主要是懷疑床底下有死老鼠或是屋簷上的腐爛蝙蝠，記得當時幾個孩子，或蹲在地上或趴在床沿，一齊拿了手電筒往床板下照，那整片通鋪下什麼都沒有了，只有一些像煙縷一般的灰塵蛛絲。以前小時候快速一眼瞥過的記憶，除了那個依舊積滿塵灰的罈甕，其他的都不見了，手電筒的光柱不斷的揮動割裂記憶中的那團深沉幽黯，甚至有幾道光從床鋪的木板隙縫間冒了出來，在牆上刻畫光點。

後來，我們終於在床上的舊木雕花化妝台上找到那隻麻雀，牠卡在鏤空的雕花木紋之間，應該是飛進屋裡時一頭撞上給卡住了，就這樣混在雜物中，在我們的眼皮下挨藏了好段時日。那麻雀除了些許脫落的羽毛之外，外觀沒有什麼壞毀的跡象，也許那時還小，對於死亡沒有太多聯想，要有也是擔心那困滯了許多日的身體，會長出什麼奇怪的東西。最後還是找了張報紙，隔著報紙幫那隻麻雀脫出木格空隙，才發現原本應該是（飛衝得太快）被困陷緊錮的身體，幾乎是一碰就掉出來了。也許是因為死亡，因為好一陣子的乾燥悶熱天氣，使得它的身體縮水了，才能不費事的把它從木紋格縫中移出（死亡帶來的黏稠感，不在於無法碰觸，而是害怕碰了之後會有部分殘留在手上）。出乎意料的，它整個軀體非常的輕，有點像是那種會用細鐵絲線綁在花盆或盆栽枝葉上，那種保麗龍製成的鳥外形的裝飾品，只是有點髒汙，羽毛凌亂了些，看起來反而更像個假貨。

有些什麼不見了，但當時他們對這件事毫無所覺，只慶幸著終於把它移走了。

而氣味又花了幾天才完全散逸，從此之後，一直到後來房子整修，整間房間的木板通鋪被打掉（當那些木板撬掀開來，反像屋裡被挖了大坑）之前，老是覺得那排靠牆的櫥櫃裡的某處，睡著一團濃稠柔軟的黑暗。

奇異果不得不

在桌上的奇異果擺了好一陣子，突然想起前陣子回家時跟母親說到曾經有過的一個夢境，在夢裡母親從鄉下寄上來的一大箱水果被我放到過熟甚至壞掉，而我花了一整天的時間在清理每一袋幾乎完全腐壞的果子。當初母親聽到我在訴說夢境時略微失落的表情仍歷歷在目。

她每次總是會叨念著，說東西寄上去就要吃，不要連吃都懶惰，或者裝作威脅的語氣說以後不幫我寄了，可是總是過一陣子，或是天氣轉涼，她便又會半強迫的寄上一箱水果和她的拿手好菜，其實我心底是開心的，卻又每次嫌麻煩的半推半就。

想想就決定把那三顆奇異果吃掉，沒想到拿起來一看才發現，有些部分已經因為過熟而開始呈現軟爛紅紋。我拿起了刀子一點一點的把過於熟爛的地方削掉，再把餘下的部分一口塞進嘴裡。

奇異果本身外表看似粗糙，其實裡面卻蘊含了華麗。無論是帶點微酸透明感寶石一般令人著迷的綠色，還是璀璨到好像濃縮了陽光為實體甜暖的金黃色，不管是偏酸還是偏甜，都是更多的點綴。

我只是想說那三顆奇異果的味道，完全都不對了。一邊削著皮一邊吃著，心底開始急躁起來，就這樣什麼都不對的感覺越來越明顯，我想到母親，想到家裡那個堆滿以前雜物的自己的房間，想起幾個難忘的夜晚，想起一些人一些事，某些回憶卻記不起任何細節，想起曾經喜歡聽的歌也記不起歌名，有點想吐，整個身體卻充斥著一種莫名脹湧而且慌亂的滿足感。想到每次深夜穿梭在小巷弄當中，都擔心著是否在下個路口會有車也像自己一樣飛快的衝過去，以為在這個夜裡只有自己還在活動著，以為在大多數人得到睡眠的當下，仍然醒著的自己可以獨占夜晚、可以多得到一些什麼。

也許奇異果會安慰著說沒關係。

也許他會說：「本來就脆弱得禁不起任何耗損，時間帶來的熟爛跟被吃掉甚至是一刀一刀的削切，都無損、都無損我美麗誕生並且脆弱的生存。」

自己知曉的不等值交換

把一包糯米倒入鍋中，先用溫火炒過，爐氣熬出米香後起鍋，鍋裡放入事先切片的生薑，加入麻油拌炒至稍微乾縮，嫩黃的薑片成了焦糖輕褐，麻油浮著薑辣的清香。再加入事先以少許鹽拌抹醃漬待用的鴨肉，拌炒至肉約八分熟，攙入糯米攪拌，使勺鏟的手腕頗為費力，米肉拌勻，接下來的動作須重複三次——

（水量可視分量多寡斟酌）

倒入一碗水翻炒直至水分完全收乾；

倒入一碗水翻炒直至水分完全收乾；

倒入一碗水翻炒直至水分收到半乾；

第三次可加入少許米酒以增加香氣，最後留下呈現乾稠粥糜狀，再從炒鍋起至蒸鍋，壓下電鍋蒸煮，蒸煮兩次，每次約一碗水時間。

她在廚房展現的手法層層繁複卻又條理有序，不慌不忙不亂端送出冒騰著熱氣香味的料理，隨性而優雅，信手拈來又如有神至。

後來她偶爾會帶點不好意思的抱歉語氣，假無意地提起——「有什麼覺得適合我的書可以推薦給我看。」「你留在家裡的書我都快看完了，暫時先別再寄書回來，最近眼睛看不太清楚。」她充滿好奇並且擁有足夠理解的靈巧，一如在各種食材烹煮的過程前後，憑空想像，探索調和更細緻的味蕾。

只是時間不與人生齊頭並行，她在她的時代裡被日常拋遠，她卻在我的時代裡用日常把我拉近，那是一套只有自己知曉的不等值交換，用付出的時間所換得離開的來去。也許她心裡總估算著約略的時間，就好像每次電鍋彈鈕跳起的前後，她總會差不多時候讓我再去添碗水進去，而我總樂於走進不開燈的下午或夜裡的廚房，摸著黑，就著窗外的薄光，旋開水龍頭，裝碗水，斜掀起鍋蓋，沿著邊緣緩緩倒入那碗小巧的清冷乾淨。接著聽見那熱燙的鍋沿發出吱吱嘖響，輕微的白色水霧在蓋下鍋蓋前快速逸散，壓下彈鈕，重新亮起溫紅橘光。

最後完成與否她從不假他手——悠悠哉（偶爾匆匆忙），走進廚房，開燈——

試著味道，短暫思索的神情，精密且快速檢驗著合格品項，彷彿一走進這個空間，不論是複雜或簡單，等待或添加去除的各種作手，食材與鍋盆碗盤擺放，不同變化的細微火候，方方面面，在她隨視之下一目了然。

最好是只要高興就好

還在等著，他們說暫時沒有床位。環顧一眼，幾個空床榻上揉成一團的薄被，灰撲撲的像一團揉爛的舊報紙。而妳還癱躺在一旁暫時的急診推床上，年輕的護士沒有表情的正在妳的手腕別上塑環，然後轉身前順手幫妳理了下額頭上汗黏的頭髮。

靠在鐵椅背上，年初一的夜裡仍舊寒涼，但打從一進到醫院病棟裡，就感受到彌散著侵蝕皮膚的噬寒，懷念起外頭的寒風了啊，如果現在能出去走走多好，家裡桌上的火鍋熱湯也許還有點餘溫，這天氣不把火熱著食物很快就涼了。忽然想不起出門時有沒有記得把鍋蓋蓋上？也沒差吧，都這時候了。

還好這次很快就送到醫院了，那麼多次都查不出病因，人怎麼可以就那樣突然的昏眩後說倒就倒？大小醫院算命收驚都跑過，就是沒有頭緒，到後來好像醒來也都沒事，也習慣了。想起小時候好幾年時間也是莫名頭痛，時不時請假，頻繁到被懷疑故意裝病，還好，還是有人相信，即便真有幾次是順勢裝病。

當時也是，妳一得空就帶著跑醫院，去過好幾家，做了各種檢查，在頭上黏貼著好幾條線，印象中昏暗灰舊的診療室，幾盞太強眼的光罩，戴著口罩的醫生臉不斷壓近，有一次還被彈了下耳朵，微微刺痛，手一摸都是血，一旁護士趕緊過來幫忙處理，原來是太緊張，手太用力壓著傷口。後來妳說那時我整隻手都在發抖，但現在也只記得當時頭痛到像被扭緊而僵硬，而心裡卻生氣得很，一直想著到底來這裡幹嘛！可是又看著妳一臉怯怯抱歉，原本死硬好發的脾氣怎麼也發不出來。

後來，第一次妳突然昏倒，隔天才收到消息，急忙忙趕回來，妳昏了幾天才清醒。第一次不再是妳帶著別人，而是自己本身被收容，才勉強說出其實妳很害怕到醫院來，每次看到那麼多人愁著臉來來去去，想著就怕（妳自己帶著我進來就不怕嗎？）。問妳怕什麼？不知道。

再後來幾次，妳說算了吧，下次再昏，就在家裡休息好了，反正也查不出原因，就不用特別來了，反正睡著，飽足了這不就會醒來嗎？

聽完妳說，妳笑著。才想到，是從什麼時候開始頭不再痛了？似乎沒特別印象，好像哪天醒來就好了，或者像是忘了，忘了曾經那麼糾纏困擾的事，但這可能嗎？不願相信遺忘，卻想不起，無法說服自己，就只好被自己的執拗困住了，也許這才是……不知道，覺得有什麼，只是現在想不透。

好啦！到時候再說吧！（唯獨這種事怎麼可能）隨妳高興就好！

入戲

他拿起酒杯的手舉在胸前，表情眼神迷濛（或是睡意？），拖著粗啞磨礪的喉音說著——

好像是在一座果園的偏僻外圍，一夥人拿著刀棍武器在幹架，也不知是什麼深仇大恨，原因不知道了。當時他一個人在家午覺，睡到一半朋友找來被臨時叫醒，拉著他就走，匆匆忙說要去助陣，還不忘吼著要他帶著武器走。他經過門庭牆邊，隨手抓起一把前端綁著鐮刀的長竹竿（小時候看過他用這樣的長竹竿收割樹上的熟果，但我懷疑他的記憶早就已經模糊錯置，有幾晚他說的是當時他父親房間裡的那把根本就沒開鋒過的武士刀），到了現場其他人早已打成一片，他跟朋友兩人也因為拿著武器而被圍上，亂慌慌間他根本還搞不清楚狀況，只好胡亂揮舞著那長竿鐮刀，而四周幾乎都是木棍柴刀開山刀等等一些較短的武器，近不了他身，他也不曉得前端那鏽紅的鐮刀有沒有砍到人。

而其他人發現他只是站在原地繞圈，沒有主動攻擊的跡象，也就不理會他，轉往其他戰局。他好像一個不守規則的參與者被判出場，拋在一旁，只能像個守衛或是觀眾，站在一段距離外看著別人幹架，聽著那些嘶吼罵聲，他才終於完全從午覺的恍惚清醒過來。

後來他發現綁在竹竿上的鐮刀不曉得什麼時候掉了，可是沒有人注意到。他也不害怕，因為後來大部分人幾乎都躺倒在地上哀嚎，或是跑掉了。還剩下幾個跌坐在地上氣喘吁吁，陌生臉孔，這時才想到拉著他過來的朋友早不見人影，只剩下他還拄著那長竹竿站在邊沿，他四處張望，盯緊著幾個躺在地上毫無動靜的人，有點在意的希望他們至少在目光之中，可以動一下身體。而天空開始昏黃，他感到疲憊，想回家了才突然想到那把被他弄丟的鐮刀，非得要找回來，不然被家裡發現免不了一陣罵。可是到了天黑還是沒有找到，等他回過神，才注意到現場早已經不見人影了。後來他被從家裡找來的父親給擰了回去，免不了一陣痛打，他知道自己做錯事，都不敢哭號，一方面也倔，硬脾氣。然後他現在倒像是完全忘了自己做過什麼，一直跟我抱怨著被打成那樣要有多狠的心啊（孱弱燈光下還可以看到他眼角泛光）！他看著父親抓狂扭曲的臉，那手勁把藤條都給打斷了，一直到那時候身上才流血，他也才知道要害怕。

記憶跟經歷都以故事的樣貌轉變了，一次比一次新，猙獰扭曲卻也熟悉。我看著他一口一口把金黃帶點藥味的酒倒入嘴裡，講話速度越來越緩慢，間隔開始拉長，夜越深講訴的聲音越沉，最後索性遺漏在過往的夾層。

他坐在沒有燈光的角落，而沒有拿杯子的那隻手露在小燈下，手臂上布散的老人斑好像長久以來水滴在同一處的深色淤漬。逐次伴隨混濁酒氣的鼻息而拉長的默默無語，都讓我以為他睡著了，想起身離開，擺脫這種囫圇囈語、光線漸漸調暗的他的時間，卻每每被突如其來的聲音嚇著，叩——的一聲，空玻璃杯又被放回桌上。明知不可能，但還是覺得那一點點輕微的回音好像去到了很遠的地方，整間房子彷彿又更深沉些。一直到後來我才明白，他似乎有意的，放任這種尷尬的沉默成為一種規律，自願的投入，然後被自己激散漫擴開的漣漪圈圍著、簇擁著。

隨伊認字

她坐在佛堂前，表情和緩，笑著舒開了原本糾聚的眉眼，寶貝似地從櫃子裡拿出一包紅色塑膠袋，接著就好像小孩炫耀自己的藏寶箱似，一股腦地從塑膠袋裡掏出許多東西。

沙沙作響，她一樣一樣遞給我看，邊跟我介紹，「這是我皈依的證書」「那個上師還幫我取了一個法號，他們說這個名字很好」「還有這個（她拿出一張紅色的紙，上頭列印著臨終時家人應該如何如何的流程，例如在她走了之後，親人子女等可以不要號哭，並且一起禱念阿彌陀佛，還有其他種種相關的事項，SOP嵌入？），我還要把這個拿給其他人看，希望都可以照著上面的做，他們說這樣比較好（她說：『咖賀、咖擔笱啦』）。」

看起來好簡單的儀式，簡潔的告別，她說得好認真，微微笑地，一字一句慢慢說著，彷彿從小到大，每每在天冷時交代著要多添件衣服那樣簡單當然。

她很坦然，笑笑的說著她的，嗯……如果哪天，她不在的以後，好像她是別人，正與我聊著一位共同的朋友。「哎，這也沒什麼啦，這樣就好……」她的笑容往下掉了一些。

她說師父還有教她寫字，眼光得意的向我要了筆，她接過手後一直挪動手指，像是要找一個最舒適的姿勢，但試了幾次之後，還是遷就著（也許是新手對於不純熟技藝的羞赧？同時也怕注視著她的我久等？）用了一個極彆扭的姿勢握著筆。然後抬頭看了我一眼，彷彿在跟我說著要開始了——低頭開始很認真的寫著自己的名字跟師父取的法號，一筆一畫的刻寫，每個字都歪七扭八（不會有人叫她擦掉重寫），她的筆握得太用力，用力到微微發抖。她從小就不懂得寫字，直到了白髮蒼蒼的歲數，才真正認得自己的名字，整張撕下來的舊日曆紙背面，有她的名字和她的法號，她各寫完一遍就把筆放下，手還有點抖，不好意思笑著說現在還不太習慣，不順手，寫得難看。

我發現這種日曆紙還是跟小時候一樣，薄得前後相透，正面的年、月和日，還有星期幾都只是反了過來，而那個被撕掉的日子仍然清清楚楚的躺在扭曲的筆畫裡。

南回遠方

後來幾次回家，發現村子裡多了好幾間別墅，有蓋好的，還有正在動工的，主要分散在田野間，有幾間蓋得氣派，與周圍的景色相比顯得突兀，慶幸的是，這裡始終還是地廣人稀，在寬闊的地景裡，一些尷尬的疙瘩很容易就會被忽略過去。聽家裡說，那都是城裡來的人蓋的，甚至還有其他縣市過來置產，大都是準備退休養老，或是偶爾度假用，反正這裡的土地便宜，農地多也荒廢。大多數家裡的經濟依託都移轉到年輕輩在外頭的收入，現在還有在耕作的，也都僅僅糊口，甚至就索性是為了一份生活上的勞動寄託，不做的話土地就荒在那，多多少少做著，也總比閒著沒事好，畢竟還是家裡的土地，而且對有些人來說，一輩子就只會種田。

記得小時候，村裡有許多地還種滿了果樹，印象最深最多的是蓮霧跟香蕉，還有一叢叢的檳榔園。檳榔園外一定是被鐵絲圍籬圈起來，圍籬的尖刺上掛滿了許多大塊的木板，上頭最常看到紅色或黑色的油漆刷寫著「內有惡犬」、「內有捕獸夾」、「山豬夾！勿靠近」之類的大字，字體任意揮寫，油漆刷的毛樣刺咂咂地留在每一道筆畫線條後頭。直接顯擺的恫嚇，當時檳榔的價錢很好，每到收穫季農民都很緊張，想盡辦法防堵小偷盜採，甚至直接住在園子裡的簡陋工寮都是常有的事。也許是小時候各種故事聽多了，總覺得那些看似隨意搭建或鐵皮或木板、甚至比較好的就是一個小貨櫃屋，白天看就是個荒廢棄置的廢墟，到了晚上會亮起一小盞微弱的黃色燈光，模模糊糊，但從外頭看去，就是深黑闇夜裡僅有的一點溫度，像一道沒關緊的門、像一個盡頭。

而無論日夜，那墟地都會有一隻被長鎖鍊圈困住的狗，大都慵懶的趴躺在陰涼處，半瞇著眼一副散漫樣，但只要有人車經過，牠一定就是睜開眼抬起頭警戒地張望，然後在早晚等待主人來到。因為對鐵絲網跟對黑暗的陌生恐懼，還有時不時警戒著、稍微一靠近就抓狂亂吠的狗，使得當時沒有什麼親近的餘地和理由。當時非常模糊的從那些狗兒身上，感受到最深刻的是「被留著」跟「等待」這兩回事，這也是後來再大一些，每次經過看著那些逐日衰老消瘦的狗，日復一日無力的眼神和嘶啞的叫聲，然後某一天突然就消失了，剩下一條鎖鍊拖拉在地上，才真覺得這林子空了，好像長久以來最重要的核心被抽拿掉了，從此同樣的地方成了一處真正沒有名字沒有面貌來辨識指稱的棄廢之地。

除此之外，另一個在當時來說會覺得恐懼的黑暗之地就是香蕉園。

可能因為蕉葉的形態，外頭看起來就像一個大的巢穴，除了陽光減弱時會散發的陰鬱氣息，看起來長年濕潮軟爛的地上，斑駁的樹幹和每逢香蕉生長期都會用藍色或黑色的大塑膠袋套攏，從路邊看去就是一團團掛吊樹上的蛹體。而蕉葉片片猶如垂簾，風影搧動，好像所有的聲音進了林就失路迷途。更主要是，聽說香蕉樹幹是中空的，裡頭是蛇類最喜藏匿的窩巢，更別提地上那一層層覆疊的朽爛蕉葉。而到了起風的時候，甚至是颱風天，因為家裡旁邊隔條小路就是一座蕉園，暴雨狂風掀翻著那大片叢叢的葉扇，總覺得會有一種風雨之外，特別噪鬧的聲響，急急躁躁的一陣陣來來去去，忽遠忽近。幾次從路旁出入時，看著那簇簇黑褐因攀流了雨水，在路燈映照下整棵樹顯得油亮，像上了一層透明的模型膠漆。

我還記得，有一次，家裡的狗被雷聲嚇跑，衝出大門外。我們急急忙忙穿雨衣拿雨傘分頭出去找（因為那好一陣子，家裡的狗只要跑出去，常會吃到村裡惡心人放置的攙有農藥的食物），幾乎繞了村子好幾圈，平時牠常跑去的幾處也沒看見。後來在沮喪著回家路上，突然聽到當時大門口對面的蕉園裡傳來幾聲嗚咽低吠，雨夜裡那像是會吸收光源的樹叢中，只見兩點微弱的光芒，眼睜睜看著我們，而所有人都站在路旁，圍著那道紅色的鐵欄門，喊著牠的名字，溫言暖語到厲聲呼罵。

也許是當時聲音太繁雜了，偶爾悶雷、雨打蕉葉，不時閃過的車胎捲濺起路上的水灘，那狗一開始似乎猶豫了一下，眼光晃動，後來還是留在原處，也不理會我們的叫喊。而我當時只想著，牠再也不會出來了，或者是，再也出不來了。

不存在的記憶

離開家之後，就比較不常回南部，每次見面，外婆總會略帶失望與不甘。記得以前她說過幾次，在我小時候（上小學以前幾乎都是住在外婆家）她每天一早騎著腳踏車帶著我去市場買菜，那些市場的慣熟攤販不免閒聊兩句，總會問起這是妳孫子啊？幾歲啦？怎麼那麼可愛啊！之類的……而當她回說這是我女兒的孩子時，總會有人跟她說外孫不親，現在很好，等長大後就不會理妳了。當時她總會撇撇嘴，說我的乖孫才不會這樣，但不免心底還是會疙瘩。

一直到她更老了，我們更大了，越不常在家，甚至太久沒讓她看到人，也疏忽電話問候，她偶爾會自己打電話過來「罵人」，或是跟家裡人念念。而在放電話的桌上，厚玻璃下壓著一張紙記著幾個孫孩的手機號碼，那一長串的數字實在是對她眼力的刻薄考驗，每次接起電話都可以想像她努力地、緩慢謹慎的按著電話上的數字鍵，然後把話筒貼靠在臉頰邊，等鈴聲另端接上熟悉的聲音。

她也常撥錯電話（對著桌上的那張紙，偶爾還是會把名字與電話號碼錯置），每每接通發現撥錯了（或已經聊了一會才知道認錯了聲音），她就不好意思的笑了笑，問問近況，然後才想起這個你似乎也好一陣子不見人影，便順道念念。有時候想到主動撥電話回去，她總要先挖苦你兩句「擱欸記欸拎阿嬤哦」，再聊了一下她會好像突然想到手機費用太貴，急急地要結束通話，但又捨不得，可以從她的語氣與飄忽的話題（她開始聊起街坊鄰居遠親近友還有那個誰誰誰）感受到那股掙扎的焦慮……

有件事不是我的記憶，而我在聽說之後，一直深刻記得。

在我很小（可能還不會說話？）的時候，有一天晚上，當時讀夜間職校的小阿姨下課回來，經過我外婆房間（黑濛濛的夜裡，只剩沒有關上的房門口正對著走道邊的窗外微微暈亮），被房裡的輕微動靜嚇到（反光發亮的眼睛？細瑣的騷動聲響？黑暗中模糊晃動的形影？），仔細一看，才發現本來應該躺著睡著的我，正坐在床上，安靜的玩著自己的衣服（衣服上的卡通布偶或附掛的繩條？）。而這畫面後來都會讓我想到（而不是記起）當時在同一張床上睡得深沉的外公外婆，覺得那樣的狀態很安心溫暖，有一種「在家」才會有的情感沉澱。

主要是這樣的靜謐時光，這種一不小心就趁隙過眼漂走，可能永遠不會知曉的時刻，儘管不存在自己記憶（多麼不可靠，卻也是僅有了），但經由轉述，把「目睹那一事件」的印象經過轉印到自己的生命經驗，然後可以明確地知道自己當時就在那裡、正在做些什麼，就好像真的已經記起什麼似的。可以理所當然的回到現場，實際上卻只是輕巧地揭下，那片從他人眼中浮現的自己的倒影。而即便是這樣的錯覺錯置，有時候好像還是可以安慰到自己，讓自己覺得真的已經做到了什麼。

烏鴉黑犬

深夜，星月無光。他獨自站在鄉下老家屋前的大庭院裡，看著從前方空中緩緩降飛下來一隻大烏鴉，那烏鴉如同一隻大型犬那麼大，停在離他約幾步的距離，全身的黑羽散著濃濁的黑霧氣息，兩顆黑圓眼泛著濕漉漉的晦暗光暈，也不啞叫，直盯著他瞧。這時他側邊突然衝出一隻同樣身型大小的黑犬，無聲無息，渾身的黑色短毛映照著遠遠屋簷邊上微弱的白燈管，在跑動中片片刷亮，就往那大烏鴉身上撲了去，差點就咬到了頸子，也掃落一蓬黑羽。

大烏鴉被驚嚇到，也不飛走，就半張著翅像揮動手臂阻擋，同時往一旁撲飛跳躍。那黑犬一路追著，一獸一禽彷彿有種默契也不叫吼出聲，只是離著他有點距離，但在慌亂的追逃中也不與他疏遠。那大烏鴉似乎很怕黑犬，卻又好像有股莫名執著，只管踉蹌地繞逃著，不飛離也不反擊。黑犬幾次抓咬那兩扇偌大的黑翅膀，眼看著大烏鴉就要再次被抓住脖頸的要害，他一閃身就擋在大烏鴉前，實在不忍心看牠就那樣被咬死。他看著那被扒落羽毛而血跡（那血不見顏色，像是一更濃稠的液態物）斑斑的身體，卻還是對眼前這隻黑犬不覺敵意，反而對牠感到一股抱歉的情緒。

因為他的插手使得那大烏鴉得以稍作喘息，在一旁斜傾著一邊翅膀拖地，還不斷警戒著那隻黑犬，整個情況僵持住，烏鴉、黑犬和他都知道，就只要那黑犬一個撲咬就結束了，或者說，只要他一讓身，就結束了。自從那大烏鴉出現之後，他第一次靠牠這麼近，遲疑之間，他感到那隻大烏鴉身上一股濃郁的不祥氣氛，轉過頭看，幾乎是化作具體的比黑夜更黑的霧氣，冉冉從大烏鴉的傷口、甚至是裸露冒著血汗的皮膚處冒了出來。

大烏鴉也不管身上的霧化，抬起黑色的爪子堅持朝他走去，但也只踏出一步，步伐就不穩地往旁邊歪斜，接著整個身形就側著，幾乎就要貼著他，傾著身子慢慢地經過。而原本看到濕濡著光暈的黑圓眼珠已經失去了弧光，像毫無生命力的死靜黑色膠扣。牠拖著闔不攏的翅膀走了一小段，期間努力拍了幾下卻始終飛不起來，只撒落一叢叢黑色羽毛。隨著越來越大的動作，身體的霧化也開始失控，大烏鴉直往黑暗處歪歪扭扭地走去，到了他已經看不清的深處，忽然感到一陣氣流迎面而來，他直覺那隻烏鴉要不是奮力振翅飛走，就是終於抵抗不了身形的散潰而化成黑霧。

他無意也無法再追究，那隻黑犬就安分的站在他身旁，一感受到他把注意力放回自己身上，便抬起頭蹭了幾下，柔軟的眼裡已經不見剛才的犀利決絕。他正打算蹲下身撫摸牠，那黑犬與他之間卻維持著同樣距離，隨著他蹲低壓近的手而逐漸縮小，直到手觸到地那刻才消失不見。

貓頭鷹

後來那天晚上，他特別早睡，倒也不是特別累，只是一樣的倚躺著疊起來的枕頭上，看著書、偶爾拿起手機滑一下，自然得不曉得在哪個時刻就睡著了，而且睡得很沉，一覺醒來已經天亮了，早上七點剛好，睡時毫無準備、自然也醒在一個不知所措的時刻，像被蒙了被子又被掀開。

而那個意外好睡的夜裡，他作了一個夢（想想那難得的好睡，根本是被這夢給拉了進去），但後來記得的片段實在讓他感到噁心，事情總是這樣，越想想起的，腦子卻往往使不動，但遇到那些想要趕緊忘記的，又不自覺不斷地重複翻騰，而忘記是毫無猶豫的，根本沒有想的空間。他以為那些被記得的印象，應該有許多都是攙雜了更多的想像和錯記，但越否認就越浮現細節，他說服自己那只是夢（本來就是夢啊），只是那些過於清晰的感受不斷把他給拖塌了。

夢裡他回到許久未回的鄉下老家，站在正門進去供奉神桌的廳堂，只有他，兩

泥土中含水過量而向下滲透，這也算是積水，只是你看不見而已。在日積月累下積水滲進水泥層，再從牆面隙縫或是牆中埋置的水管線路溢漏到天花板和室內。這都是排水的問題，例如排水孔被阻塞、水管破裂不斷漏水，都是直接會影響的主因……你沒有做好疏導就會淤積阻塞，久了連原本好的地方也會出問題……」他不斷地說著，有時候我還得要停下手上的電鑽才能聽清楚他說的話。太陽實在太大了，天氣熱到讓人像是剛從水池裡走出來。我兩手操拿著電鑽半彎身子，專注地在水泥地上鑽孔，連續的太陽天把頂樓地面曬得乾白，鑽頭旋轉揚起的沙塵彷彿白色的煙霧瀰漫，而額頭接連流下的汗水讓人看起來像是旋擰的濕毛巾，不斷地順著身體彎下的方向擴染一片深色的水漬。

那段日子天空都是晴朗無雲，灼烈的陽光熱撲撲烘著，這樣蒸騰的日子很容易就會把感知封閉，太熱了，汗與熱氣層層包裹，一舉一動彷彿都被牽制著，過於疲累又過於亢奮，就像是被丟進充飽氣的透明塑膠袋，不斷掙扎發出沙沙聲，把眼前所有都揉皺了、戳凹了，極盡一切延展變形浮動，然後脹紅了臉，血管亢奮擴撐，就著所剩不多的氧氣開始遲緩機能。此時就想找一塊陰涼的遮蔭處，喘口氣，像是終於解開了塑膠袋口的束結，空氣開始流動，自然地放鬆並張開了全身的毛細孔，順著任何一道微弱的風流，放空遐想，只想跟著飄走。這時候總會讓人懷念起下雨前後的潮濕味，或是工地裡甫乾不久的水泥牆壁所透散出的涼爽水氣。

我往一旁移了幾步，把糾結蔓延的電線扯順，用電鑽對準預先做好記號的標示點，接觸、微微傾斜、往下鑽。當食指一扣壓電源，鑽頭旋轉的振動有一種意外薄弱的反饋，之後就像突然踩空了，地面的阻力完全消失，鑽洞開始冒出水來，一起身拉起電鑽，隨即水就從洞裡噴出來，手裡電鑽拖著最後的轉速緩緩慢止，四周少了電鑽的高音頻噪音，卻多了噴水落地的劈哩啪啦聲。最麻煩的就是這樣，不知道什麼時候會鑽破水管攪斷電線，那隱藏的另一套運行的系統足以令整個工作停擺。而不斷噴濺的水柱拉開一濂水幕，剪開半空中的熱燥，在陽光的折射下漫開一片虹光。

另一個我

也沒有特別注意，但就不曉得從何時起，總會留意到那屋子裡的邊邊角角，一般都是出現在不起眼的邊緣角落，有幾處約拇指粗的小孔，有的孔縫已經被水泥填補，只是塗上的新漆還未融入周遭舊樣，沁白地反顯得虛假。而更多是未曾再上漆，只留下看起來灰糊磨手的水泥坑疤；有的孔縫上還插著灌注用的釘子，冒著突尖處，像是被標註了記號，或者彷彿可以攀緣其上踩踏的釘卯（而它的牢靠必定辜負信任，僅剩傷疼）；有些則是淹沒在已經乾凝的黃褐色發泡材料中，像一顆老痣，硬擺擺饒不過眼底。

我忍不住盯著那些再熟悉不過的孔洞，對她叨叨說起另一段生命的處境——有一長段時間，幾乎是每天都必須拿著電鑽，約略檢視著眼前漏水的情況可能需要施工的範圍，龜裂的裂縫都是參考點，猜想那隱匿在各種表層材質的牆面下，那看不見的微細水路，然後如同布下陣型，對準位置後輕按迴旋，清掉了表面漆皮落下了淺口，而後電鑽微傾，按下電鈕，稍微偏斜（擴大接觸裂縫的可能性）的向內鑽動，用電鑽在牆面或地板上等距打鑽多個手指粗的孔縫，盡可能接近那些浮流暗路進行干涉。運氣好的話一次到位，倒楣一點，就可能鑽擊到堅硬的鋼筋或其他阻礙物，最糟是攪斷電線或水管，就得被迫停工，收拾殘局先……

她疑惑地截斷我，說這段感覺熟悉，隨後一臉恍然表情，「你不是說過了嗎?!」

我安撫著她，想耐心解釋其實不太一樣，但同時我太想先把話說完了，那些釘孔還空著呢，黑溜溜彷彿早已放棄被填補，或者失去填補的必要?我說先聽我說（她一如往常地無奈包容，一臉「又來了，這次看你怎麼掰」的撇嘴輕笑）。

剛剛說到收拾殘局，那是最糟的狀況，一般來說都還是會很順利。鑽好孔洞之後，再把高壓灌注用的特殊釘管（我指著牆角，說就是妳現在看到的那些釘卯）塞到洞裡，釘管身上有一部分環裹著橡皮膠，得用扳手旋緊，擠迫那圈橡皮充滿整個孔洞。如果沒有鎖緊，在高壓灌注液態材料時，那些材料會從旁縫溢散出來，波及周遭（很容易會噴濺到眼臉），即使沒有洩漏，至少也會降低裡面的壓力，而讓材料跑不到該去的尾端。總之，在整個過程的最後，完工之後一般都會把那些釘管拔掉。除非是某些特殊的施工位置，有時候在天花板裡，或是裝潢後面，或是如地下室停車場和頂樓之類的地方，也可能就不做處理，只把周圍清理乾淨。

然後，重點是這件事情，這一整套施工的程序，現在還是存在我的生活中，持續地發生著。差一點，好吧，可能差很遠。但這一套模式曾經可能成為妳看到我的一種模樣，被掩上生活日常的一道薄膜形貌，那個我可能不會在此刻跟妳說話，甚至我也不認識妳了。可是，我後來一直有一種感覺，如果當初留在這個「曾經」，似乎也不錯，對我自己來說啦。

「然後呢？不一樣在哪裡？你現在也可以回到那個曾經啊。」

其實我也說不上來。以前有一次工作，南部的夏天熱得無處可逃。我記得當時是在做頂樓的防水，還有頂樓樓梯間的壁癌處理，那時剛吃完中午的便當，很餓，但也太熱了根本沒胃口，把便當裡的飯菜隨便扒進嘴裡，大口咬幾下就粗魯地吞下，那種狀態就只是填飽肚子，說不上吃飯了。很快擺脫油膩便當後，就抓著一杯滿滿幾乎是冰塊的手搖飲料，躲到了樓梯間休息。看著外面頂樓地上的強烈曝光，妳想想，連那種粗糙不平的水泥地都起了反光，那個陽光到底有多折磨人。我已經熱到不覺得熱，渾身汗流得像淋了一場沒停過的大雨，我看著自己的手，被那一杯冰塊凍得發紅，那指節間摺皺起伏明顯（我外婆說我的手像我父親），再翻看手掌，布滿細紋，那一刻我想著，其實我真的不討厭現在做的這件事，但又覺得自己還可以做點別的什麼。

你懂嗎？也許就是在那個時候，迷迷濛濛間，有個我留下了，有個我走開了。即便是現在，我都還很清楚，這一整套「我正在施工的工序」仍然存在並發生著，對我來說，它仍以一種與我並存的方式在活動著。

她有點不屑地說：「你應該是中暑了吧！」

彷彿黑暗裡什麼都可以期待

他一開始來到這城時什麼都不懂，連捷運也不懂得搭，即使有想過要理解，也都因陌生帶來的困惑不安而拒絕。對於那複雜的（相對於他來說）網絡，在闇黑的地底穿梭，沒有盡頭也不知去向，眼見的過道都是漆黑而不能望，也不能走近，只能搭上那一節節光亮顯得虛假幻夢的腔殼才能在過道裡移動，像是被蒙著頭（不需要知道怎麼走，只要知道即將到達目的地即可，即便睡著或是一時不留神，明亮的車廂仍會適時傳來廣播聲，多種語言輪番放送，某某站到了，請準備下車），只要記得下車就好。

他當時除了無法信任這樣的模式外，主要還是覺得一種發自身體的不自在。

一直到後來，有一次他隨著父親在另一座城市的捷運施工，當時那裡的捷運剛處於建設的起步，好像因為這樣的移動模式已經被驗證、實行過了，所以似乎可以很快速的複製一個既有的模式，整件事情對某些人來說乍看之下好像變簡單了（不包括他），進而產生一種樂觀的期望。

他走在父親身旁，兩人穿行在那地底下巨大的黑暗洞穴中，緩步前進，四周黑暗如潮浪在流動著，而走近看兩旁新造的水泥壁還留著一些塊狀的板模壓痕，水泥的濕涼氣味瀰漫四周。這洞穴太大，像是他曾見過的整座山挖空如同巨人山神棲身的聳闊空間，可以同時停放好幾台戰鬥機、運輸機的隱祕停機坪，深邃得連腳步的回音一濺出去就溜失了。

他與父親兩人一路巡走，只有父親手上拿著一支平時總隨身帶著手掌大的手電筒，漫散開的光在茫茫黑暗中也不敢走遠。兩人像是閒晃一般，慢慢而隨意的走著，找尋沿途壁面漏水的地方，不時靠近伸手摸摸牆面，乾落的沙粉或是濕涼的薄水覆沒，手指一抹，像已然明瞭於心。路途上偶爾經過幾處鷹架，遠遠地走近路途上看像是模糊幽影，有一些鷹架上吊著一盞小燈泡，上頭有一兩個人或站或蹲對著牆面安靜地工作著，見我們走過也不出聲，頂多就是點頭揮手。而那燈泡光雖然微弱倒也因僅有而張狂，背光中暗滅，臉是看不清了，遠遠走來再走過遠遠，像是夜裡海面上一盞盞稀薄微亮的海上停船。

他父親邊走邊張望著，看到幾處較大面積需要施工的地方才停下腳步，趨向前去，揮著手電筒照望幾下，然後把手電筒交給他，讓他照著脖子以下的身體處，然後低頭從包裡拿出筆記本畫上幾筆，再取回手電筒，繼續走。他心裡想著，究竟父親是如何在這樣前後漆黑失距的彷彿無盡長廊中，去標記那些途中壁面漏水的正確位置？而整個巨大隧道太遠也太暗了，半空中的微風輕輕迴流，對流來去都像是同一陣風。而光線只能從洞穴上方的通氣孔或是幾個間斷的空隙迫散進來，如果碰巧底下有一攤積水，則映照折射的反光就會落在鄰近的斑駁牆上，偶爾若光照強些，連同最遠邊的牆上都可以看到稀微的浮晃水光。

他從一開始的心不在焉，到後來專注在沿途黑暗中遇到的狀況和難得藉弱光偷覷如越過濃霧趨近而清明的景致，四周不斷有水聲磨蹭著，其實應該是不間斷的水滴聲，但也許是他的錯覺，他總覺得像是從那看不透的遠處過來的汩汩細流。也許再多走一段就快可以壓到腳了吧他想，彷彿黑暗裡什麼都可以期待。

痕

屋漏痕

那位老婦人家是在車站旁邊的一棟老舊三樓透天厝，房子後隔著一片鐵皮牆過去，就是火車站的各路鐵軌群集並列，每每火車經過，那棟舊屋樓會因為走的軌道遠近而傳來不同程度的震動。最靠近房子的那條軌道，通常走的是北上的長程列車。中間兩列常是來往鄰近城市的通勤電車。最遠的是繼續繞行南下進而過山走海朝東部前進。那屋子非常老舊，若只就屋齡看，倒也還不至於那麼絕望。但老婦人屋裡實在堆了太多東西，從一樓矮窄的騎樓開始，進門（細網紗門還得要硬推拉幾次才能開出半邊門縫）後，滿滿的雜物，也不像做資源回收，倒像是跳蚤市場的集貨倉庫，各式各樣舊桌椅、櫥櫃、拆卸下來的各款窗框門板，還有酒甕、洗石子的石墩、幾根彩繪斑駁的木柱，還有幾塊門楣和匾額靠在約就兩人寬的走道邊沿，更別說那一摞摞堆疊成山的紙箱，和一袋袋像蛋卵一樣的大型黑色塑膠袋……這裡光是一般的進出在幾處就必須側著身子穿過去，更別說後來施工需要的機械、材料，在搬進去前，還得要先清理出一條過道。這棟房子的狀態很麻煩，但對他來說，更麻煩的是假如要施工，就得先想辦法處理那些眼看已經沒有空間可以挪動的囤積物。

也是因為最近都沒有下雨，找上門的工作少了些（做抓漏這行也是靠天吃飯啊），原有的工程進度也都處理得差不多，他正想趁著閒暇時清理一下工具機械，就接到了那通打到家裡的電話。一接起電話，就先聽到對方鬆了一口氣的大力呼息聲，然後開始著急地一陣搶話，有點啞嗓的聲音聽得出是有一定年紀的女人，大致了解是房子漏水，聽起來很嚴重，對方非得要他今天就過去看看。他看著周圍那些一早就被他從倉庫搬出來整理的機械，猶豫著，想想總歸是上門的工作，問了地址與電話，約了午後前往現場了解狀況並且估價。到了火車站附近，很快就找到了那棟房子，一碰面才發現那屋主看起來比沙啞的聲音更年輕些，那婦人彷彿見著了原本就認識的人，也沒特別招呼，領著他便往屋裡走。一進屋裡，反而是那婦人沿途四處張望，像是在找著什麼東西，一邊心不在焉的聽著解說。他照例問了些房子的問題，她也隨便敷衍，說得不清不楚，一開始還可以溫穩著性子聽著，講到過於細節處就略顯得不耐煩。婦人領著他快速的繞了整棟屋子一圈——總共三層樓的舊房子，一樓除了廚房可稍微活動之外，其餘空間幾乎都放滿了雜物；二樓有兩間房，一間是老婦人起居的房間，另一間門關緊；三樓樓梯上來旁邊是一間浴廁，靠左邊主要是一間神明廳，右邊則是一間鋪了木地板的房間。

老婦人帶著他停在神明廳，整棟房子她唯獨問了這裡施工的價錢，一聽完報價，連想都不想的就決定要施工，而且希望能馬上就做。她說神明不能淋到雨。

這整棟房子都有漏水和嚴重的壁癌，牆壁上的油漆都已經消解成灰粉狀，被周遭飄染著霉味的濕涼給凝固著，特別是頂層的三樓，那裡的天花板和牆壁像布滿龜裂的黑褐網狀水痕。老婦人指著其中一個角落說，只要下雨天就會像爆開的水龍頭（她極為誇張的表情加上兩手伸直不斷劃開弧度）一樣開始水崩。而地上的白色瓷磚還可以看出一層層褐色深淺不一的雲狀水漬。而她的神桌上，供著好幾尊神佛與上頭畫著各式符文的匾牌，都不大，看似隨意卻又好像有某種排序的安放著。讓人驚訝的是，連十字架也在那之間，原本應該是白色的十字架被煙燻得部分油黑發亮。老婦人一直催促著他快點施工，嘴裡咕噥著說：「神明不能淋雨，神明不能淋濕啦……」

其實這工作做久了，各種類型、再奇怪癖性的屋主他也幾乎都遇過，而老婦人看起來像是自己一人獨居，這在這小城裡也不算特別，只是婦人時而焦慮卻又讓自己顯得若無其事的狀態，多少讓他留了心，算不上關心，也就是出自於好奇。在等待工人帶工具和材料過來的空檔，他問老婦人是不是自己住？家裡還有其他人嗎？婦人好像聽到了什麼廢話似，皺著眉一臉無奈與不耐的看著他，他看到她的額頭和眼睛（微瞇了一下）周圍的皺紋抽糾在一塊，隨即放鬆回到原本的溝褶裡。婦人語氣清晰且略帶強硬地回說：「你在這房子還有看到其他人嗎？」然後她頓了一下，又恢復一開始的柔和表情和輕輕軟軟的說話聲，拉著他走到陽台，給他看水槽裡那兩束準備要供神的花。老婦人像是對著朋友那樣，跟他說花是早上去市場挑的，說今天花店裡的花不知道怎麼搞的，可能是熱壞了、曬塌了，看起來都萎萎爛爛的，實在不好看，她挑了好久才有手上這兩束好看的，邊說邊把花拿到花瓶裡插著。又嘆了口氣抱怨起現在的花越來越貴了，可是還是得要買，雖然付錢的時候很不甘願，可是看到花開得那麼好，想想也就算了，而且每天一定要給神明換上鮮花才行；話頭一轉，說起這時節的竹筍又便宜又好吃，剛剛去市場也順道帶了一些回來，然後又開始抱怨房子漏水的事，一直說前陣子雨下那麼大，她沒日沒夜在清理那些漏水，水桶擺得整屋子都是也沒用，真的是在糟蹋人⋯⋯

老婦人忽然問他，記不記得前陣子的地震？她說那天晚上特別早就睡了，那麼大的地震搖一搖也沒把人搖醒。隔天早上起來，還不知道有過地震，只是跟往常一樣去到神明廳正想捻香時，看到桌上的香爐水杯都掉到地上給摔裂了，撒了一地灰濘。她花了整個早上把地板整理乾淨，再出門一趟買了新的香爐跟水杯，重新置放好。然後從那天起，這房子就開始漏水了，她還特別強調說之前都不會，在這住了三十幾年都沒遇過。

怎麼可能呢？他看著那地上擦不掉的陳年水漬，還有牆上水痕的脈絡、那些粉化斑駁露出的生黴水泥粗壁，那潛藏在圍構了這整棟房子的水泥壁裡的伏流——依經驗來看，要說這屋子根本就是被一層水膜給包裹起來也不為過，更別提一樓那一股濃厚的霉潮味，他懷疑那堆疊幾乎要碰到天花板（她到底是怎麼堆上去的？）的紙箱很多都已腐爛掉，或者看著地上那些紙沫木屑，那空間深處也許早已成了白蟻的方便窩巢。這樣的房子怎麼可能不會漏水？他試著想跟老婦人說明，她卻只是自顧自的拿著布擦著桌子，還仔細的把桌上擺放鮮果的托盤移到別處再擦過，也不理他了，就是不時重複跟他說要他把工作做好、做仔細，不要讓神明淋到雨。

照慣例，要開始施工前，會先用報紙和塑膠布幫屋主把家具蓋起來，避免施工時灰塵漫天弄得後續清理困難，特別是遇到神明廳施工，事先的準備工作格外謹慎。先請老婦人燒香跟神明說一聲，現在要幫祂們整理一下環境，會有點嘈雜，請祂們見諒與忍耐。老婦人認真的燒了香，並且在嘴裡叨念了許久，直到老婦人顛簸著斜傾的身子，把香插入香爐中，說了好之後他們才開始施工。在遮蓋好家具後，大概抓出幾個主要施工點，就開始在牆上和天花板等處鑽洞，空氣裡都是塵屑。老婦人本來像是擔心弄汙了她的神明們，站在神明桌旁盯著，一邊擦著去之不盡、從四處飄落的土塵。到後來也終於受不了，走到了陽台邊，嘴裡也一直叨念著小心點不要碰壞東西、怎麼弄出這麼大灰塵之類。但問題是，因為牆裡面含水量太足，鑽出的沙塵有一半都混在那一小柱的水流裡淤積落在腳邊，大部分飛揚的是老婦人這牆原本已經粉化、被震動剝落的那些油漆和水泥灰啊。但說也說不清，反正只要不要碰到神明桌那區塊，老婦人似乎也不是真的那麼在意。

而在電鑽發出的噪鬧聲響中，老婦人仍不斷地發出各種牢騷，好像碎念是她的習慣，只是很多話一說出口，就失去了應有的形貌，剩下一陣聲響。他忍住了幾次探問，這個老人似乎極為努力地在維持些什麼，或者說是想要拼湊某一樣物事，卻迷失在那龐雜的線索與干擾之中無能為力並且沮喪，但又每次重新打起精神，就好像其實是聽者的他無法理解，所以自己才必須反覆而且耐性的說話引導。因為一同站在陽台邊，也沒有太多空間讓老婦人繼續走動，使得她不得不停站在原地，才發現幾乎是矮了一大截、差不多只到他肩膀高度的老婦人，有著非常挺直的背脊與削窄的肩膀。也許是因為一碰面就被拉進這堆滿雜物的房子，在那狹仄的空間裡穿繞，不自覺矮著肩頸，跟在後頭只覺得老婦人瘦弱的身子靈活無礙，而沒注意到她的身形更像個十來歲的女孩，儘管手腳和身體都顯得細瘦，卻完全不會令人覺得乾癟。再細看，她並不是一個會特別保養的人，臉上有些許斑駁風霜，但膚層似乎還沒被拖累至鬆垮，看起來薄潤的皮膚微微泛紅，兩頰靠近脖子處在轉動間隱隱看得出撒開的青紫微血管網絡。一頭銀白髮往上梳理，露出的額頭沒有明顯褶皺，只有眉間微蹙（應該是長久習慣，焦躁的性格彷彿有解不完的千千結，無時無刻都有事在心裡繞著）。倒是眼角滑行的魚尾紋和鼻翼兩側落開的法令紋毫不遮掩，整張臉上沒有明顯的疤漬，只有極淡的斑沉。從老婦人的臉孔看得出年輕時一定是個美人，甚至走到這年紀，也一樣是好看的（當然，如果還能減少些瑣碎的叨念，就更好了）。而老婦人似乎沒有察覺到他正側偏著頭看自己，仍舊盯著屋裡的施工，一邊繼續說著些聽不清的話。幾次他試著把耳朵靠近點，想聽聽她都說些什麼，她卻每每在他一接近就警覺性的抬起頭，一副「你又想幹嘛了?!」的表情看著他，然後僵持了幾秒，又繼續看回她的神明的方向，繼續（不知道對著誰）說著聽不清的話。

在第一段施工的空檔，他跟工人在陽台休息，並且準備調配第二階段施工需要灌注的防水材料，老婦人又跑到神明桌附近，對著那些原本鋪好的報紙和塑膠布摸摸扯扯，邊說：「你們這個牢不牢？有沒有黏好啊？」他請老婦人先到陽台等，突然屋子開始傳來震動而且越來越強烈，以為又是地震，卻只見老婦人老神在在，一副他們大驚小怪沒見過世面的樣子，說：「安啦，是火車來了。」往陽台下一看，果然有一列火車轟隆隆地駛過來，眼看就要經過這屋子後方，一回頭正想開口，只看到剛剛擺置貼黏在桌櫃上的那些報紙和塑膠布，上頭的沙塵土灰像在篩網裡滑跳著，接著那整片用了幾乎半卷紙膠布黏掛在天花板上接盛鑽牆排出沙塵的報紙塑膠布拼貼，嘩啦一聲整片掉了下來，屋子裡灰飛煙漫，霧茫茫一片。

神明們已經尊尊灰頭土臉。老婦人也傻住了，第一次看見這幅景象，整個人失去反應。他正想著要怎麼處理，只見老婦人隨即在一整片煙塵瀰漫中，掀開那塊拼貼布，從底下抱出兩個花瓶，再拿到水槽邊開始清洗那兩束花，然後轉過頭笑著說：「還好花沒壓壞，不然今天可能很難再買到這麼好的花了。」他還來不及告訴老婦人，特別是那些水泥灰，一碰著水就會變得黏著，最好先拍乾淨了，再去沖洗。而正背對著他洗著花的老婦人開始變得安靜，水龍頭水沖得急，正在撈著水清洗花束的手也越來越使勁，隨著兩手洗滌的動作，她晃動的身子仍不斷抖落著塵粉，原本銀白的頭髮也覆上一層髒灰。從後面看到那水槽裡開始漂著一片片紅黃或紫白的花瓣與綠葉細梗，那花束上還沾留著明顯的泥漬，有些直接被水帶到更深的苞蕊內，她試著要用手指輕摳，要不就是搆不著髒處，要不就是太過使力而剝落了幾片薄瓣。一直到水槽的排水口被那些掉落的花瓣和細枝殘葉塞堵，開始積水，而水龍頭的水沖到老婦人的手上和花束上，也把水槽周圍和地上都濺濕了。

站在一旁的工人也沒遇到這種狀況，傻愣在原地，頻頻看著他，不曉得現在是要去幫忙還是怎樣……老婦人終於把水龍頭旋緊，把手上那些凌亂的花束輕輕放在一旁平台，讓花朵的部分懸在水槽上，慢慢滴水。接著她朝著神明桌走去，先清理掉周遭的雜物，他們才向前幫忙，卻都有意的避開了神明桌周遭。整個工程就這樣突然被喊停，他們在等待一個可以繼續的反應。他一直在為這場混亂道歉，並且出聲詢問，試著分析解釋導致如此這般的原因，老婦人好像打定主意似的，整個過程中都不吭聲，默默的清理著那些粉塵。在場只有他（必須、不得不的）說著話，他忽然有一種進到這屋裡至今，終於聽到自己說話聲音的踏實。他發現其實這房子非常安靜，而且還會向外蔓延開來，那種安靜沒有彈性，聲音會往下沉的留在原地，或被那些擁擠的物件給收斂掉。他到目前為止也只聽過火車經過，沒其他特別明顯的聲響，也許，至少要具備那樣的力道所造成的震動，才足以突破那些層層物事建構包圍的厚牆。要不是打從一碰面（好吧，認真來說應該是打從接起電話開始）那老婦人就不斷地說著話，雖然她的音量不大，聲調也不討人厭，甚至是那種會願意花時間聽她說些什麼的和緩聲音，問題是，她說的話太過於瑣碎和跳接，那種沒來由的重複與破碎很容易使人不耐。有幾度他非常認真的懷疑她是不是有什麼狀況，輕微的記憶退化？焦慮症？或是像有些年紀大了的人，只顧著沉浸在自己的想法和語境中，幾乎忽略掉旁人的應對？直到看見老婦人拿著花說話的神情，他才覺得安心（他對於這分莫名、沒來由的認真與安心感到不解），他知道那都只是隨著年歲所增隨而來的屬於老人的任性。

其實如果可以選擇，他最討厭也不想處理這種狀況，但事實上，打從他回來接這門工作開始，就不得不去做這種參與。原本以為房子的問題很單純，雖然那些潛藏在鋼筋水泥或磚石的結構體裡的裂隙暗縫，隔著牆面很難去掌握，但多面對幾次，總可以憑藉著經驗找到可疑的源頭。或是只要能抓到牆內裂隙的其中一小道路徑，就可以藉由高壓灌注，把那調製好的液態材料往那縫隙的其他連結網絡推進，慢慢施壓慢慢理解，然後耐著性子等待、觀察。如果中途遇到阻塞或是走到了死角，機器會空轉的發出提醒，就只要再找一個切入點，從別條路徑重新來過。只要讓材料走一會，給點時間，它就會走滿並且修補所有大小縫隙，只要壓力給足，牆內的空隙飽和了，最終會從牆面的裂縫竄流出來，牆體本身只會留住它所需的部分。這整個過程本身做起來不難，問題是房子往往不只是房子，每次進到不同的屋裡、接觸到不同屋主，他發現人在遭遇房子漏水或是壁癌時，因為得繼續居住，每天要與那些彷彿房子本身傷創的裂縫、剝落困在一起，即便是在最虛弱最想放鬆不被打擾的時候，還是眼睜睜看著那些裂痕和水漬占據蝕掠過那些牆面。平時也許還可以忽略當作是一種必然的壞損，但逐日而來的還是會被扣住一些煩躁和晦暗，那些龜裂的、被剝落的、置之不理的破敗終會成為一道侵蝕著日常的源頭引力，拉扯著人心浮動不安的那一面。

而他知道不論是人或房子，都還是有其納受的底線，一種讓自己不至於突然就爆滅的保護機制，所以對他來說，房子漏水是一種願意顯露出來的徵兆，其實是一種善意。但人就不同，每一件新的工程，對於每個接觸的屋主彼此來說都是陌生的，卻又要進入（闖入？）他們生活的空間裡，理所當然的看著那些裝潢格局、家具擺設、喜好的風格質感、正在烹調的油煙或是剛吃完飯殘留食物雜混的氣味、那些做到一半的家事、房間床鋪上剛起床的凌亂被單、小孩房間裡散落的玩具或攤在書桌上的作業本，甚至是吊在浴室或陽台邊的那些等著曬乾的衣物——那些不同的房子裡生活著的人，從打開門迎接他進屋裡的那一刻開始，那些應屬於他們隱祕自我的空間瞬間被斷開了剖面，清清楚楚地一樣樣橫陳出現在他眼前。也許真是這份工作做得上手，他發現自己對於裂縫的找尋有一種敏銳的天賦，常常一兩次就可以準確找到漏水的關鍵；對人也是，他聽著那些屋主對於房子的抱怨和造成的不便，屋裡其他成員常常會從這件事衍生出更多的牢騷。他想，那些不同的房子裡的每一組人之間，都有一套獨特的結構，那些結構本身也有各自的裂縫繁衍變動著，那不像房子那麼直接易懂，也沒有一套有效的處理方式。而他得不斷承受這種硬闖入一個陌生張力結構的彆扭，並且快速適應，他能填補的是牆內滲漏的裂縫，同時他也明白要避開的是那些人身上被壞損所牽扯出來的，不論是什麼，都不是他可以也不願去碰觸的。

他知道那老婦人正生著悶氣，可是他真不想管了，只想趕快把工作完成，本來今天就沒打算出來，現在弄成這樣他有一種自找苦吃的莫名委屈。看著那老婦人拿著小刷子，小心翼翼拂拭著那一尊尊灰頭土臉的神明，他再走近些，順手撿起地上的塑膠布，跟她說要繼續工程了，等等全部結束會一併幫她清理乾淨。她還是不說話，但這次輕微地點了點頭，接下來便繼續施工，他們還是在該遮蓋的地方重新黏穩了塑膠布，然後進行防水材料的灌注。他也沒刻意再去注意那婦人的狀況，整個灌注的過程都沒人說話，只有機械不斷加壓的噠噠聲，彷彿又是一次平常而且順遂的工作時刻。在這個婦人暫時「離場」的意外空檔，他得回了一個平時最擅長而且舒適的工作狀態。他開始想著等等的收尾怎樣才會比較順暢，對他來說，從進到這間屋子開始，或者應該說從接到這份工作開始，等等要清理的這整個空間的沙塵，與其他時候比起來，實在不是什麼太麻煩的事，想著又覺得輕鬆，並且對於剛剛自己覺得的委屈與不耐感到好笑。再回頭看看那仍站在一旁清理神明的婦人，只見她那樣安安靜靜的專注做著某一件事，舉止間自然有一股優雅相襯著她的面貌，如果是在外面看到她，應該完全想不到她每天都身處在屋子裡堆滿了這麼多東西的混亂中吧。

那婦人在他們完工前就先下了樓。完工後，趁著她還沒上樓，他就與工人開始收拾善後，其實剛剛那婦人已經大致的清理過，但他們還是把整間神明廳的地板掃過拖過，所有的桌檯都擦過一遍。他還走到了水槽旁，拿起那些只剩下花瓣上還沾著晶瑩水珠的花束，小心地把剩下那些沒有零落破損的花揀出來，間雜著綠色的枝葉，重新搭配一番，再平均分插回兩個花瓶裡，然後再把花瓶放回供桌上。他交代工人先去把工程車開到樓下，而工人要走出廳門時，那婦人正好提著一個塑膠袋走了進來，經過身旁時，伸手從袋子裡拿出一瓶飲料給工人，點著頭說了聲：「辛苦了你。」接著走進了神明廳，看到桌上的花，笑了笑，問說是不是他弄的？她覺得把剩下的花這樣放很好、很喜歡，然後把手上的塑膠袋遞過去給他，臉上帶著點抱歉似的彆扭笑容。

他帶著那婦人在屋裡繞了一圈，一邊解說著施工的成果。她似乎覺得很滿意，但還是不斷跟他確認：「這樣就可以了？沒問題吧？大水不會再進來了吧？」——他看著桌檯上那幾尊已經被清理乾淨的神明（看起來容光煥發，有一種剛洗完澡才有的清爽，他驚訝她怎麼那麼快就清理好，好像剛剛什麼都沒發生，甚至連原本臉上受長年香火燻養的煙漬也不見了），還有兩旁的花瓶裡疏疏落落的幾枝還完好的花葉，對於耳邊叨叨念念的頻率也已經習慣了（比起她令人無所適從的沉默不語），安撫著說：「放心，都幫你處理好了。而且我們有保固，之後只要施工過的地方有問題，隨時都可以再打電話過來。」她轉頭看了一眼剛才完工的幾處牆面，若有所思的點了點頭，要了張名片，忽然又抬起頭來說：「二樓我女兒房間，你也幫我看一下。」拉著他的手臂就要走，而他正打算蹲下收拾工具，一拉一扯間，整間房子又開始發出細微震動，遠遠傳來轟隆轟隆的聲音，其實聽得出這列火車正在減速，那聲音和緩減弱並且持續延遲——兩人都下意識的轉頭看向那一尊尊神明，彷彿與那一雙雙瞇著的細小眼睛對視，並且好像可以感受到那車輪與鐵道間僵持不讓的摩擦停阻。然後跟以往每一次都一樣，很快地火車通過並且帶走它的聲音，震動平息了。他看向陽台外頭，才注意到已經黃昏了，天空一片澄黃，沒有雲，想著明天應該還是不會下雨吧……他覺得有點疲倦了，也不想多做些什麼，就跟那還拉著他的手臂的老婦人說：「明天吧，明天我會再過來，這些工具就先放你這裡吧。」那婦人沒想到他會這樣說，愣了一下，才想到什麼似的也轉頭看了下天色，有點不好意思地說：「都已經這個時候了，也好啦，你就明天再來一趟。」然後又看了看天空，咕噥著說：「明天好像會下雨的樣子。」他疑惑的再看了看天空，再看更遠些，發現剛剛還一覽無雲的天空，在極遠處出現了一小道灰白的雲影，扎扎實實的，被夕陽染成更深沉的昏橘，好像極具重量的遠遠浮沉在天空的邊沿。

血味・死夜

那時剛好是年節，極難得滿布冷空氣的南方夜裡，他們正窩在房裡打牌，一年難得的聚賭時光（每逢年節，這成了一種必要的舉止，重點在聚，而隨著日後年歲增長，賭似乎成了一種呼喚成長記憶的翻轉介面）。

突然外頭一陣噪鬧，家裡一隻還不到一歲的小狗跳上幾堆雜物，翻出了牆外，底下是同一胎另外三隻小狗怯懦懦地圍著牆繞圈仰頭狂吠。小狗的吠叫仍充滿略顯尖薄的稚氣，每一道聲響都劃破黑夜，使得冷空氣流入推擠壓縮成為一種更凜銳的寒意。我們各自披起外套，趿著拖鞋，一群人出了大門便左右分散，沿途呼喊。而剩下的小狗早已關回籠中，不安的騷動著，隔著矮牆都還可以聽見牠們踱著比平時更用力的步伐圈繞著。

這次很快就發現了。在屋子旁邊的媽祖廟前空地上，靠近馬路的一邊，遠遠看去像任何一條掉落路上隨意掐摺的長褲或外套。不曉得是第幾次發生這種事了，而這種時刻次數顯得毫無意義，卻可以連結堆聚，召喚起一次又一次的憤怒記憶。

那惡意張露的傷害那麼明顯而卑劣（甚至沒聽到小狗警戒或掙扎的叫聲），那一道道仍留有施虐者甫離去而空出身影的殘虐舉止，遺留下暴力逐漸失溫的軟塌軀體，黑順的短毛在啞白路燈與昏黃廟匾的小燈下，刮出一小片一小片或月銀或熾焰般的斑駁。而那狹長的鼻頭也許上一秒還呼著濕潤熱氣，泡在一攤黑亮亮的液體中，粗糲凹凸的柏油地上，那該是暗紅血色都徒留餘黑，與丟甩在一旁的木棍上的血漬相呼引。這時才知道，狗最脆弱的地方是在鼻頭，往往受到巨大的撞擊都會導致極大的傷害，失血過多，休克，腦震盪，總之，就這樣了，死亡其實不複雜。而當軀殼一覆上了死亡，彷彿就衍生另一層透明膠質般的透膜，同樣還是軟綿的皮肉像失去了彈性，一沾壓便輕易凹陷彷彿即將被戳破，但同時又可以感受，那細細黑滑的毛皮開始包裹著接觸的皮質，然後一些灰稠的氣息開始侵染，攀附上周遭圍聚的人與物，像一種討好似的（留下我？）順著皮膚的紋理掩走，最後還是因自身的溫息而散潰。

他覺得死像是一種蒸騰氣化的過程，把所有原本活著時撐仗著活動知覺的能量，開始死滅，油餿發臭，轉為瀰漫在軀體周遭的氣息，令人感到陌生，身體上的不願靠近，恐懼被喚醒。儘管對眼前所見憤怒，對失去而感到悲傷，卻也有著對眼前不知如何是好的空虛感。先回去尋一塊夠大的布，幫牠遮蓋住，在這樣的夜裡還是需要一點溫暖，至少別再讓那兩團黑眼珠直視著燈亮而被燒灼了。

每一次他都寧願那狗就只是跑掉了，寧願找不到，也許還是比較好的，但最後都是這樣，再怎麼避開，死亡如果發生了，總會被找到。然後大概就是某個誰拿出一個大麻布袋，把牠拎起來放入袋中，甚至是袋口半壓在地上，緩緩推入袋中，這時候摩擦地面的聲音特別明顯刺耳，那些細小沙石被壓滾著，然後幾次調整那身軀，死亡帶走靈活而留下笨重與僵硬，最後那看不出形貌、沉甸甸的袋子，會被埋到某一處土裡。而那藏匿於背處而無從指認的殘虐者，繼續在四周經過、走動，甚至哪次迎面問候（無辜的給起笑臉），在另一個天亮呼吸著新鮮而美好的空氣。

提了幾桶水沖了地，一群人轉身往回走。一旁廟宇兩片緊閉的大門上，門神褪了漆顏，香火燻沉的模樣依舊威風凜凜，中間門縫依稀可見得裡頭紅光籠罩的桌案上燭焰晃搖，而空隙正對著媽祖娘的臉，神色不動。他默默禱念著：希望那些殘害生命的人都有報應。說完，心裡又覺得不夠，一股氣衝了上來，又惡狠狠的說：希望那些人渣統統去死。然後他才驚覺這句話被脫口而出，低沉微弱，飽含恨意。

黑水熱凝的路面

在大部分的大太陽天裡，經過一上午的日照，地上柏油會飽含驚人的灼熱感，甚至因為太熱而軟化，手指微壓就會凹陷下去，有時貪懶，到院子裡取個東西或丟個垃圾，不穿鞋直接赤腳踩在地上，雖然只有幾丁點的踏觸（而且盡可能的快速衝刺、大跨步），腳底還是像沾著火頭，不時會如同跳著奇怪舞步似的不斷蹦跳，腳底的厚皮層感覺幾乎是被翻挖開來，通常當下直覺感受的是那種熱辣辣的灼燒感。

小時候常跟著爺爺和爸爸出去工作，當時多大也沒印象了，大概就還是很容易沒印象的年紀吧。當時家裡還在做著鋪設柏油的工程。爺爺極有生意頭腦，據說在他年輕時就有想過要做石油和塑膠的製作和買賣，只是當時太年輕，家裡也太窮（聽說當時一家 大小仍擠在屋頂鋪著乾稻草的破屋子裡，還在念小學的父親，中午放學回來，就得要先去附近田裡挖牛糞回來，塗補屋子邊上的破洞裂縫。也因為太窮，還被村子裡的人瞧不起。一直到後來，爺爺靠著努力蓋起村子裡第一間磚仔厝），被奶奶以不切實際為由勸阻了。

後來不知道他又怎麼冒出鋪柏油這個念頭。在那個年代的南方小鎮（根本還不到城的規模啊），幾乎都是鄉村田野，沒有柏油路的概念。他一家一家去拜託，像個業務員推銷著商品（印象中他是個不多話的人），一直說著鋪了柏油有什麼好處，甚至還不論遠近的邀請人到家裡來，看看家裡那早已被他鋪上柏油瀝青的前庭空地。而他為了讓那柏油地看起來像新的，幾乎每天晚上太陽下山後，就拉著長條的橘色水管，開始刷洗那些灰撲撲的沙塵，使得那塊地維持了好一陣子的新亮，然後等路面上被太陽給曬褪了，不再是黑亮亮如水洗過甫乾的乾淨色澤，便再把工班拉回家裡，再鋪設一次。

循著日常的生活路徑，一天天經過，到後來村子裡的人也注意到了，那棟即便還襯著一旁的機械器具與疊落整齊（依舊是破爛）的一堆大小布滿黑油漬的桶子，也許勉強只被當作工寮看待的破房子。那矮房子前看似閒置，實則用來展示的院落裡那片起風不揚塵、下雨不濕濘的空地，就好像一件穿不舊的新衣服般透露著另一種渾然不同的感官。而那些被邀請來看過的人，大多數也都應了爺爺的柏油工程，從家裡庭院四周，到馬路巷弄，那南方烈陽的地上開始慢慢長出新的皮膚。

印象最深刻的記憶，那時可能根本才兩三歲（或者更小？）的我，坐在一桶彷佛把整個天空都燒融，火燙的鐵桶附近，說是附近其實也有段距離，只是真的太熱了，空氣都在顫動，那些遠遠的人都模模糊糊的拿著各種工具在路上做著各自的工作。接著我被帶上了那台壓路車的駕駛座，忘了是誰抱著我（爺爺或爸爸？），在那巨大的圓輪上前後移動，緩慢安穩的（像划著慢船）壓碾著那些混著細粗礫石、滾燙油黑的瀝青，而鼻子裡都是油燒的焦灼炭味。

後來，每次看頑皮豹或其他卡通（看到那些卡通人物被任意的壓扁，在被風吹得波浪狀飄走之前，有時候是自己吮著大拇指用力吹氣，然後手指像是被拔出的一根根小蘿蔔似咚咚咚冒出，那塌癟如薄紙的身體會開始充滿了彈性先撐大些，最後縮彈回原本的大小。），都會想到坐在壓路車上時的視野，想起那幾乎已經被熱度崩解的世界，被不斷壓平如行水的路面，使得被壓扁再還原這個滑稽的變形，有一種扭捏尷尬的愛笑不笑。（而現在的柏油路比印象中的要細緻漂亮的多啊）

直到爺爺過世後，家裡也不再做柏油工程，院埕前那片柏油地逐漸變得灰淺。後來大了，有些時候會趁放假午後或昏黃慵懶的放學時光，去扭開院埕邊沿花圃裡的水龍頭開關，那水會窣地一聲跑著圈圈繞疊的褪色橘黃塑膠長軟水管，約要等個幾秒鐘，一道透明水光流洩出來，帶隨著彎曲的虹光。然後拿著拉直開來的塑膠水管，用拇指食指壓住管口，藉由控制張口的大小製造不同形狀強弱的水柱，稍微施力就如同一布幕平面般的透明柔軟水幕，或者是用力壓擠使得出水成兩道強力的細水柱，玩膩了各樣距離與形式變化（或兩指頭持續用力虎口發酸），花圃裡的土層也淹漫成一大窪混泥沼澤，像是最後施放的煙火，會把水管朝天空各處方位噴灑，約要再等個幾秒，點點水珠劈哩啪啦墜落撲爆，在南部烈日的映射下成了晶亮閃光的冰涼滲透在發熱的皮膚上。

　　而在水沖洗過地上的土塵後，才會再裸露出柏油路面原有的乾淨清爽；也因澆淋了水，那積蓄在地底的熱能藉由蒸冒出的陣陣白煙降溫，空氣裡瀰漫一股從地上經由水氣分離蒸散出來雜混著柏油、水泥和泥土冉冉上飄的味道。有時候，即使到了晚上，穿繞在院子裡，還是可以感覺到地上那股仍在冒湧的熱蒸氣，在夜裡微氣流擾動下，四周左右游移拉鋸，無法溢散，但比起白日的枯熱，這夜裡的濕悶究竟還是緩解了那昏頭的熱燥。

學校

他在新聞上，看到以前讀的學校，因為被判定危樓而計劃改建。在簡短的新聞中發現這個改建工程從上一年就開始了，那些記憶中的灰石校舍已被拆毀，只見配圖照片上，在原本操場處，用鋼筋架出一格格像是層層拉開平放的蜂巢。從高處拍攝的照片中，每一格都彷彿細緻可愛的玩具家具組，ＯＡ隔板的教職員辦公室、一張張小巧的木頭課桌椅、黑板、講桌、大桌子周邊配置水槽的理科教室，或者是更大面積的大禮堂，都像是沒有天花板頂的玩具模型。他想著這樣的露天空間，雖然看起來該有的器材桌椅一應俱全，但究竟還是無法正常上課辦公吧？即便是錯綜繁雜如蟻窩被掀了開，也會炸了窩般四處奔散，也許是做得逼真的示意圖？圖中也不見學生老師的蹤影，想想也是，學校被拆了，怎樣也無法在這樣的空間裡上課。

過渡期是在操場邊沿搭建了一排臨時組合屋，遠遠看也不太明顯，說是學校，倒更像是災難的復原現場。記憶被拔除，印象也隨之被磨滅，新造的建物彷彿突然出現的外來種，那亮澄澄的新皮和骨形都太過於張揚。在那些背負著大半輩子生活景致未曾變動過的人們來說，那種嶄新的規模，遠遠不是村裡哪戶人家整修了舊厝或是隔壁新蓋了透天屋樓那種，夾雜在四周灰濛的舊昔塵霾中，新居落成第一天之後，隨即折舊，被更大多數、也是這處地方的常數給拖拉著。像是在一整片豆芽田裡，參差著幾株錯落的不同種矮豆芽，遠遠看去、或等更成熟了些，就只是一種視覺色差的微調而已。

在好幾年前，就曾聽說那間學校遭火災，校門口進去第一面整排的三層樓教室，最上面那層整個都燒掉了。最初知道消息也是看到新聞照片，最頂層一片烏黑殘敗，原本在鄉下的這所學校也就是樸實單調、像被忘卻遺落而衍出自己一套生存呼息的牆樓院庭。而活動的人數也有限，不算大的學校即便在招生滿額的時候，也都顯得空曠閒適，如果遇到寒暑假，半天的輔導課人來得零零落落，說荒涼也是剛好。而那道校門口每日拉動出入的鐵柵門，那紅漆剝落斑駁露出沉褐的鏽鐵，在周圍同樣略顯得過度強光曝碾的亮度中，與那幢幢環顧的矮屋宅相間面對，所有景致呈現一種時空凝滯不再流動的無時間感，像是從來就在這裡，不曾新過、不曾舊過。那永遠占著大片晨昏變幻的天空、環繞的田水泛光，那條校門口馬路附近的暗影般矮著頭窺視出入學生的雜貨店，水泥電線杆牽扯的電線上在傍晚下課時常揪著一群群麻雀亂叫。而那火這麼一燒，也就這麼把整間學校的氛圍都燒舊了，燃烙出一道灰痕（他知道那被火燒飛蔓延的黑烏是非常難清理的，那種拗決不去的煙漬彷彿就這麼奮力地咬上了可以攀附的地方）。

幾天後他在夢裡見到，學校一樣在操場，蓋了更大規模的校區，只是轉往地底深去，學生跟老師一下子都暴增，在每一層地底教室（幾乎更像是城市了）流動、上課、運動。似乎沒有人發覺在最上層的地面正起著一場大火在燒著，火勢很大，天空都燙紅了，四周的田水溝渠也被蒸發，像是世界末日般把一切焚蒸燒滅，只剩下火舌竄攀。後來引了一場彌天大雨，把火澆掩，而地下的學校從來沒有燒著。他恍恍惚惚醒來，打了通電話給當時的同學，隱去了夢境，跟他說那一則新聞，說那整座校園幾乎都不一樣了，前兩年他繞進去過一趟，那座在他們畢業隔年啟用的新體育館占去了原本司令台後方的麵包樹林，如果沒穿過一旁被教室和體育館夾著的小路去到後方的大操場，會覺得這間學校突然窄小了許多……

他朋友靜靜聽他說完，忽然問起他，還記不記得有一年的掃地區域是在大門口附近的花圃，在大門邊有一間小小的警衛室，警衛室旁邊就是一排停放腳踏車的停車廊。他說記得，那個警衛室外頭有一大叢九重葛，穿上了警衛室跟花圃中間的過道上空，幾乎要一層樓高了，垂墜的枝葉要遮蔽了過道一半的天空，那時候下午最後一堂課前的打掃時間，班上一夥人都會在那邊混著。朋友又說，那個住在警衛室裡的校工還記得吧？他馬上想起來，那個校工平時得空也愛跟他們扯屁兩句，還會遞菸給他們，除此之外倒也沒什麼特別的。真要說有點什麼，他對那間警衛室更深的印象，是那炸開的九重葛蔭下，吊著一個舊損的拳擊沙袋，非常舊了，原本沙白的粗麻布都成了被潑土泥般的深褐。那個校工渾身黑溜乾瘦，身材也不比他們這群當時剛在發育抽高的孩子們高多少，只是他年輕時好像是一個頗為精進的拳手，打過好幾場比賽，照他自己說法似乎在外頭也有點名頭，但也都是他偶爾喝多了酒，閒聊時講著炫耀，那轉而發光的眼睛讓他莫名相信那平時不多話的校工以前真是號人物。

而在那間日夜都點著一管小日光燈、濛濛閃閃的矮窄警衛室，除了簡單的生活用品外，還有兩副拳擊手套吊掛在牆上，黑色的，外皮都有些磨損了，裡頭的裡布也都髒漬。那校工一開始拿出來給他們玩，他記得那時沒人看過這東西，都搶著要戴戴看，也不管那拳套其實發著濃烈潮悶與塵染，興奮得很。大夥輪流戴著拳套比畫對拳，倒也不敢真的使力，那個校工就蹲坐一旁花圃邊，隨意一兩句提醒著要怎麼出拳自己才不會受傷，若不小心，即便大力揮拳，打擊到別人時，自己的手必然也會傷折。後來每次到了打掃時間，那校工就隨他們進去拿出拳套，胡亂朝著沙袋揮舞。只是久了大家也膩了，不再那麼常拿出拳套，他記得有幾次，校工略微反常的自己拿出拳套要給他們玩，但每個人都興致缺缺，也沒人去接手，那校工就也悶悶不語轉進昏暗的警衛室裡，當天也都不再出來跟他們扯屁。

隔了幾天，校工似乎恢復平常了，好像沒事般又跟以往一樣。突然有一天，那校工在他們打掃完要放回掃具的時候，揪著他們一群人說，他有一個徒弟，問明天要不要跟他徒弟隨便打一場，就玩玩，他徒弟也不會還手，只管防禦，也不會真的傷到人。平時大家雖然都曾戴著拳套假裝對陣，但畢竟也都怕真的受傷，就也嘻嘻哈哈的玩混，想想也無可無不可，就應了他。到了隔日的打掃時間，真的有個徒弟出現，是跟他們同年級的後段班學生，雖然長得清秀，卻是那時幾群壞學生的其中一個帶頭的。一開始大家有點猶豫，那個徒弟卻出乎意料的溫和客氣，跟那校工打了招呼，台語喊了聲師仔，然後揀起一副手套戴上，讓他們隨便一人來試，笑了笑，讓他們放心，他是不會還擊的。畢竟那徒弟也是後段班的一個頭，就算擺出一臉溫良和善，渾身還是一股跟他們不同的、那種覺得自己有在混的挑釁氣息（但那個年紀的男孩，是能混什麼？說到底，都是鄉下孩子，野氣都還是有的，做起事來就看誰夠「敢一」，敢不敢做，敢做到什麼程度，要不服輸的狠勁）。

他說到這，忽然想起什麼似地說：「對了，當時就是你突然走出去，撿取另一副拳套，對著也有模有樣的擺出姿勢。當時我們都很訝異，比起我們，平時也不見你哪一次主動的去玩這拳套，大家都還以為你沒有興趣勒。」電話那頭沒有應聲，那時他這個同學一步步慢慢地朝對方前進，一旁的他們一邊期待些什麼，卻也是嘻嘻哈哈，沒有人真的覺得會發生什麼事，不就是玩一玩，揮個幾拳他自然就會放棄啦。而那徒弟也是一臉自信微笑著，後來想起，倒是不覺得有什麼蔑視的意味，那同學則是一臉專注，也不理會一旁的嬉鬧聲。而當他近到離對方約兩三步的距離，突然就奮力向前衝去，一頭就撞在對方舉在下巴下沿的拳套上，一旁的他們也被這突來的舉動嚇住，都愣愣地自動停了嘴。接下來就是他那個同學不斷地壓著頭往前衝，那個徒弟好像真的有練過，兩手也防得緊密，只是被衝撞得小小步後退著，也真守著約定，沒有還手。只是那過程慢慢變得很怪，過了幾下，當大家都以為他應該要罷手的時候，他卻還是不斷地悶低著頭衝進著，後來對方也開始不耐，或者說那原本擋得輕鬆的手也慢慢被隔了開來，終於最後也忍不住揮了幾拳，往他同學的身上砸去。

後來是那校工出來喊停，先拉住了他徒弟，把兩人距離拉開，他同學也停了下來，恢復一臉平常嬉鬧的笑臉。他們圍了上來，一直笑他剛剛怎麼一直自己往人家拳頭上撞去，要討打也不是這樣，他那同學也就笑笑的抓了抓頭，很不好意思似的。但這時候他剛好站離那校工師徒很近，聽見校工罵著說不是說不要還手嗎？只是那徒弟跟他師父說：「這個很會打，不還手怕就要被打了。」後來也上課鐘響，大家鬧著也就回教室去，他後來也沒有提起這件事了。

剛好又聊起這件事，他正想要問問，卻沒想到電話那頭先開了口。「其實那時候我根本就什麼都不會，只是剛好那陣子迷著看一部拳擊漫畫，聽到既然對方說不會還手，就突然想要上去試試看漫畫裡的那些招式和方法。其實我是要壓低身子想衝到對方胸前，試試看能不能成功突破防禦；如果沒有作用，就是碰了幾下，頂多就是挨幾個拳頭，應該也出不了啥事。雖然這麼想，但真的沒想到對方會出拳揍我就是了，只是挨了幾拳我也氣了，後來也有點不爽，可是想說也打不過他，只好越用力的向前撞去，現在想起來覺得很呆就是了。

「主要是那個徒弟，後來知道跟我住一個村子，有時候在路上碰到了也都會點個頭打招呼，但也就這樣，算不上認識。他國中畢業後，就跟著家裡工作，也沒有讀書了。有件事情我也不太確定，你還記得前兩年學校發生的那場火災嗎？外面說是因為頂樓的電腦教室電線走火，才燒掉的。但我聽說，事實上好像就是那個徒弟（他們倆都想不起名字）去放的火，為什麼放火不曉得，只是還好當時沒有人受傷，他們家裡也花了一大筆錢給學校處理這件事，事情過後沒多久，他們一家就搬走了，離開這個村子，與親舊都斷了聯繫。」

夜行客車

那天晚上他獨自一個人坐在客運總站買票等車，在新造好不久的建築物中，天花板跟地板都是白色的，裡頭的牆壁和各家不同顏色的櫃檯也都新得發亮，地板上的新蠟還散著味道，偶爾響起一兩聲尖銳拔高的膠鞋底的摩擦聲。那時候大概是凌晨一點左右，他坐在表面粗糙而且與任何坐姿都無法融洽的塑膠椅子上，接連看了好幾次時間，不耐煩的翻著手邊翻到一半的書。

旁邊隔幾個空位的座位上有一位媽媽，手邊放著幾個裝滿東西鼓脹的提袋，帶著一個大概還沒上國小的小孩，難得的是都這麼晚了他的精神還是好，亂跑亂蹦的，有時候自己玩開心了就大笑幾聲，那媽媽馬上一臉歉意的制止孩子，再一次叮囑他小聲點，然後貼近小孩的耳邊說了什麼，那小孩扮了扮鬼臉又輕輕的咯咯笑了幾下。

坐在他斜前方這堆座椅角落的，是一個面貌清秀，平靜的臉讓人覺得她的表情變化的幅度有限，絕不會、至少是很不常大笑甚至是做誇張表情，看起來像是大學生的女孩。在她坐下之前曾低著頭在四周隨意走動，一臉恍神若有所思，幾次靠近自動玻璃門嚕的一聲滑開，她都像是被驚嚇到整個身子被拉了後頸一般彈了起來，而門被打開灌進來的冷風也使得近門的外圍座位上一個趴著睡的老婦幾次不耐的抬頭瞪視，而她毫無所覺，繼續在附近繞著圈子，幾次下來，那老婦悻悻然收拾鋪在椅子上的厚棉衣和一大包用塑膠袋包起來的衣服，嘴裡低聲碎念往另一邊的空位移動。而塑膠袋沙沙摩擦的聲音似乎使得那女孩發現自己的行為造成困擾，便默默的走到離門最遠最靠近裡面的位置上坐下，不斷抬頭看著前面櫃檯上的大時鐘。後來她才想到要先放下身上的背包，挺了挺背，然後放鬆的垂著頭。她有一點點駝背，也許習慣聳著右肩，使得肩膀一高一低斜傾著，從背後看去有點怪，像是綳蜷著上身，唯長髮垂落，露出一截後頸雪白。

還有一群人，大概國高中的年齡，每個人手上都拿著一杯飲料或零食，聚在一塊窸窸窣窣的壓低聲音說話。另外幾個疏落分散坐開且面無表情的男生，有一兩個靠攏在一起，有一句沒一句說話，而每個都剃著極短的頭髮，髮際處仍看得出明顯剪髮的刀痕拖過，若不仔細看，彷彿連臉孔都相似。也許才剛入伍不久，即便有人戴著帽子，卻還是可以看出一臉稚氣。

而那些白天自行隱去，但入夜後總會到處出沒流竄的黑白髮雜披的斑駁老人，好像隨時都會出現在某個邊緣角落（又彷彿他一直都待在那裡），或提著裝滿回收寶特瓶的大袋子，盯伺著在廳裡來來往往的人，盯著他們手裡拿著卻可能隨時丟棄的飲料瓶，或就是經過垃圾桶便歪著腰隨手翻找，有時候整隻手臂都伸進巴掌大的孔洞裡，像是被吃進去一樣。他們是另外的一群，遊走在不同線軸的路徑上，在這來去短暫的頓留空間裡，他們停留在繞著圓弧無限進行式的時間軸，唯有每一趟留下的新氣味可以捕捉，這空間裡的路徑如同無差別吸收的海綿，反覆的飽滿與乾縮的過程造就皺褶，隙縫裡埋藏了許多再也洗不掉的、一些也許曾經有人用力擦拭過的東西，儘管空蕩蕩，卻還是沉悶脹滿讓人無法透氣。

車子來了，他起身搭上了車，單薄的背包只放了錢包、鑰匙，剛剛拿在手上的書也放了進去。車子裡面很安靜，冷氣很強，他微微發抖，外套裡頭只有一件薄單衣，他把拉鍊拉上，頭上的風口確定是遮蓋住的，才發現旁邊座位上的風口正斜對著他。而幾乎所有的人都上了同一班車，各自對照著車票上的號碼找到了自己的位置，他瞥到那個女孩的座位還是在他斜前方。女孩正面對著他的方向，較正確的來說，是面對著座椅的方向，放下肩上的背包，脫下身上的外套反穿，然後一手捏著耳機放進兩耳，白色的耳機線在黑矇的車內還是明顯地延伸到手邊發光的手機螢屏上。期間他與女孩對上了幾次視線，第一次是湊巧，但後來幾次都是他刻意的，畢竟被那麼似無忌憚的盯著看，那種目光的侵觸莫名卻是難以忽略。起初女孩也好奇疑惑地看了幾眼，面無表情也沒有嫌惡，然後就是自顧自的打理好，轉身坐下，拿起手機看了一下，然後看向窗外。

每個人坐定位後就沒有聲音，車子也開始往出口移動，瞇起眼睛前，座位上方的小燈熄滅，黑色腔體中，只有最前面顯示時間的紅色數字（碰巧是他的生日），還有懸掛在車頂，像一團白霧般朦朧光景播放著某部電影開頭的螢幕。車內靜悄悄，只有引擎的催促聲和輪胎摩擦的嘰吱聲，他閉著眼睛卻遲遲無法入睡，靠著身體的晃動知道客運車上路後繞了幾個大的迴圈。其實這段路他太熟了，在車站翻新前他已經太習慣這樣搭夜車，原本長途的移動時間感已然被置換成與世界暫時失去連結的一種封閉空間裡的虛無和旁觀的清醒。

起初是因為省錢，還是學生的時候時間多，沒有太多不得不的事物纏綁，幾次長假回鄉就無所謂的搭夜車慢慢晃，彷彿要回家是件多不甘願的事。一開始他很排斥那車裡充斥的雜亂氣味，彷彿所有車內的物件都被來去的氣味吸附，或是受不了悶窒而像皮膚一樣張開所有的氣孔散出內在的呼息。而車內流通的冷氣像是一路拖拾著各種資源回收，卻不在乎那些瓶罐餐盒器具裡殘留的湯汁餿食，飽足的氣味像打了一道綿長的飽嗝，脹滿了整個空間。

他從不是個會暈車的人，卻每每被那股酸鏽的油餿味（而那股味道讓他不得不想起已然死去的爺爺房間，那樣一進門就撲進了一凝固的空氣質地，腳上要多花上些力氣，像在淺水沙灘走路。整個房間的油膩味、棉被和毯子的毛料味、竹蓆的淡清香、各種中西藥還有藥膏混雜的辛香，彷彿早就被均勻攪拌達到飽和濃度的狀態，然後不知道在哪時候，就逕自以氣味的樣態固化了，不散，即便開窗開門開對流風扇，也絲毫不為所動）催著反胃頭昏。還得要忍受好幾個小時、忍受這趟車的司機是否過於亢奮猛踩油門或急扭方向盤甚至疲累打瞌睡——巨大的車身在暗流的稀疏燈漬中蹣跚橫拐直衝，時而像氣力放盡任由餘速慣性滑動。他倚躺在椅子裡的身體，隨時反應移動狀況擺動著。

只是再怎麼習慣，不喜歡就是不喜歡，太折騰了，他確實享受這種暗夜疾行的孤獨，夜讓他有歸屬感。可是必須耐性子，去應對身體的觸動，那又太擾人。後來如果可能，他會盡可能避免這種移動方式，當然還有一個原因是無法再花那麼多時間在車程上。

他閉著眼睛正胡思亂想，車窗外經過幾盞較近亮的燈光晃晃閃過眼簾，光成了抹影子飛過。過了一段時間，憑著經驗判斷大約才剛脫離蜘蛛網張開的市區道路，這時一旁傳來窸窸窣窣的細微騷動，他太累了，不想要理會，繼續閉著眼放任腦中閃跳隨意的畫面。忽然旁邊座椅往下陷了一落，原本的空位坐下了人，車內很安靜，旁邊那人似乎因猶豫緊張而呼吸用力了些，他想這是在下決定前給自己的心理準備，他希望那人自己打消念頭，因為不論是怎樣的念頭，都與他無關。

再緩一會，發覺旁邊那人沒有離開的打算，甚至可以感受到那人深呼吐氣時，在臉頰上吹搔的風有一道軟香。他睜開眼睛，側頭，正想出聲抱怨卻先嚇了一跳，那個應該待在斜前座位上的女孩，正傾身整張臉幾乎快要貼著他，原本以為應該是用力深呼吸的吐息聲，卻是極度壓抑之後迸溢的氣息。那些吐息帶著顫抖且冰涼，不像車內冷氣的凍腐味，反倒是一股不討厭的腥甜。醞釀的抱怨瞬間就破碎了。他莫名心虛緊張起來，車內還是很安靜，甚至傳出打呼聲。那女孩眼睛也不眨，就是看著不說話。他一時失了應對，然後他發現女孩的胸部在呼吸起伏間，不時觸抵在他的肩臂上，柔軟溫暖。然後那女孩輕聲說了幾句，他聽不清楚，只覺得臉頰搔癢，他想再挪挪身子，一動才發現靠著窗的手早已爬滿痠麻，一翻動半身像被電了似，他想他的臉一定很扭曲，不然那女孩不會深吸了一口氣，表情忽然變得無比驚恐。

醒來，是夢。他發現自己勃起了。車子有輕微的顛簸，黑暗裡懸掛在車頂的小螢幕浮著一層銀霧，那霧光的螢白像燒褪餘火的炭焰，外部慢慢滅卻，包裹內裡依舊熱燃的火熾，燒灼著模糊不清的影像。不曉得是從何時開始睡著，斜前方座位裡的女孩仍然倚躺在後傾的座椅中，面對窗外，被外面不斷經過的路燈浸染著浮光，而在那有限的光剪影下，她的胸部隨著安靜規律的呼吸緩緩起伏。

他額頭抵靠著冰冷的車窗，眼睛近距離瞪視著窗玻璃上冒著的水汗，而鼻口的熱息霧濛了一小片玻璃窗，伸手抹去一塊，隨即覆上新的較淡淺的一層，指腹似乎感到玻璃的兩面溫差，車外的溫度越來越低。行間會過的車輛速度被凝阻像在深海裡泅游，客運巴士的引擎聲持續的嗡嗡悶響，據他所知，即便在深海裡也不是真的無聲靜寂，只是在那深邃的黑暗中，不論是眼睛還是皮膚都對光敏銳到近乎刺痛。

再醒來已經進到市區了，他被幾次間斷很短的煞車給碰醒。迷迷糊糊，印象還留在那一路闃黑雜著來往稀落點點車光的高速公路上，因為仍戴著隱形眼鏡使得兩眼乾澀幾乎睜不開，勉強要看，卻只見那市區的所有光源都糊成一圈圈的光漬相疊（下雨了？玻璃窗上布滿破碎水痕），緩緩眨了幾下眼睛，克制忍住雙手去揉眼睛的衝動，起身活動身子，四周剩下約一半的人。他特別留意了一下斜前方座位，那女孩還在座位上，只是微挺著身子，脫下反穿的外套後，遲疑了一下，還是把外套拿在手邊。

後方接連傳來各種長短高低音頻的喇叭爭吵，重累的客運緩緩打斜向路邊靠近，車內破爛的喇叭中，司機（沙啞著也許一整晚都沒對誰說過話的喉嚨）廣播著抵達終點站，充滿了雜訊與模糊不清的破碎字音，連同剛剛睜眼時的糊散街景，令人失去安全感。等車一停妥，他看到那女孩一手拿著外套，另一手提起背包站了起來，卻還是被其他早已大包小包行李站在狹窄走道上的人堵著。他繼續坐在座位上，等車門打開，走道上的人緩慢的移動著，腳步聲踢著行李袋，一路挨碰著那一張張肥脹的沙發座。等人都走得差不多，也許是納悶他仍好整以暇坐著，那女孩轉頭看了他一眼（他覺得那眼神中包含著一種「你還不走？那我先走了喔」的訊息），就也踏上了走道往車門走去。他一直在期待這時候，便也跟著起身，急走了幾步再緩下來，刻意靠女孩近些，卻又不想讓她覺得是在趕著下車。慢條斯理地，一前一後彷彿是一同出遊的人，他聞到女孩身上有股香甜，軟軟地像撈了一團雲霧，在整個窒悶的車廂裡好像不溶於水的精油飄浮著。他不由自主又靠得更近些，不小心輕推了下女孩的背包，「啊！抱歉……」輕聲細語的壓低聲音，喉嚨被冷氣吹啞風乾。女孩恍若無所覺，繼續緩步前進。

出了車外，是一陣雨水滲入水泥柏油或者是其他些什麼之後融合而成，一股新鮮水氣的味道。似乎不久前雨才停，貫串排列的街燈和行道樹葉上的水滴，在經過時還會有一種以為雨還沒結束的朦朧感。雖然已是晚上卻到處透著反光，這城活動的時間總比其他地方來得晚，像是只要醒著就極盡可能的不斷延展翻跳出各種活動。他漫無目的走著，也沒特定目的地，下意識地拉著距離遠遠地跟著那女孩走，直到此刻意識到走路這個舉動，才把注意力放到腳上穿的新鞋還有全身嶄新的衣服褲子上。每次只要身上穿戴著新的物品，他就會渾身不自在，直到幾次穿脫之後，才開始有變舊之後那股貼近身體的熟悉感。而此刻他繼續著無謂的心理作用，總覺得身子怎麼樣都無法伸展開來，新的衣服很僵硬，彷彿每個摺角都會磨人、都在制約著自己的一舉一動，缺乏那種被拉扯過的彈性。一直有這樣的束縛感也是很煩人的事，卻也無法不去在意它，更別提它還不斷剝落著陌生的新味以及沾附著整路車程下來的空調油膩。

這城裡氣溫比預料的低，他只好瑟縮著脖子手插口袋聳著肩邊抖邊走著，一路避開積水的水窪，還要閃躲路邊不規則停放的機車。開始準備收店的商家也都把一整天的垃圾堆放在門前，也許是淋過雨浸了水，每經過都會聞到不同濃淡的酸餿味，並且逐漸攀附在身上與原本的味道混雜，這在平時可能會讓他感到噁心嫌棄的氣味，此刻竟使得他感到一種安心熟悉的慶幸。但沒多久，那種因舊爛而顯得不那麼生疏的情緒，很快的又被那種摩擦著鼻子，一路狠刮到肺裡扎刺的冷空氣給劫掠。

那女孩沿著騎樓走，偶爾繞出去人行道或是直接走在馬路上，然後又輕巧地繞上人行道，像隻靈巧的貓晃跳著。在後面隔著距離看去，女孩背包裡似乎沒有放什麼東西，上半部有點塌癟，底層微微垂重感。一開始是無聊的猜想著裡面會帶些什麼，到後來越來越在意，也不為別的，就是一路下來對那女孩刻意地過於好奇，而產生了無法擺脫的執念。而隨著女孩走動的身子，拿在手裡的外套也跟著擺動，她只穿著短袖似乎不覺得冷，裸露的手臂白皙纖瘦，每每經過燈光搶眼處，路燈、仍舊睜亮的招牌、快刷而過的一截車燈，那兩條手臂彷彿化作深海裡的發光體，浮在闃暗的夜濛中，像是替夜覷開兩道顯口，任由任何可穿透之物行經追往。

錯認

錯認

再後來，那天在路上你嘿了聲拍著我的肩膀，一回頭你卻說認錯人了。而我卻是一眼就認出你，還在錯愕中，你已經連說了幾句對不起倉促慌忙的轉頭走開，還不及追上你就進了人群裡（也許就沒有追上的念頭）。於是我（輕易地）說服了自己，你是真的覺得自己認錯人了。也許只是剛好我像你的某位朋友，或是我早已不像你記憶中的我，一如要不是聽到你的聲音，我也無法馬上就確認是你。而我又憑什麼堅信自己沒有認錯呢？

漸漸的連你的臉都模糊的我，卻總記得最後一趟一起出去，一大早的火車上兩人都睡眼惺忪，我們並坐著，車上很安靜，只有幾個乘客蜷著身子在休息。

後來你精神好些，站起來動動身子，也許一時興起，在火車行進間晃著身體走出座位，輪流坐到那些無人空位，從車廂前端、到中間、再回來，卻故意站在我們座位的前一排。即便你一臉疲倦還是笑著看了看我，以為你想要說些什麼，以為你就要坐回位置上了，「一個人出來旅行啊？」——你竟無聊到玩起搭訕遊戲。「哦不，我跟朋友，就坐我旁邊，剛剛離開……」唉，話還沒聽完，你就已經晃晃身子，擠進前一排靠窗的空位（回答被擱置，才發現只有自己入戲）。側著身坐下，看向窗外。各自又過了些時間，火車的規律跌宕讓車上的人在同樣的坑裡起落，而從椅縫窺探的我也只能看見手指和手臂，你始終用右手拄著半邊臉頰。

火車維持著同樣速度行進，也許已經過了一個縣市，每個地名都成了停靠或不停靠的站名，繁華和敗落都化開成了一段用以區隔時間的，流動著的模糊景致。車程漫漫，唯時間是換算距離的最終代價。等你再流回我身邊，像又強撐起了些氣力，隨口問我「有沒有看見……」，聲音太虛弱，而車行顛簸，彷彿隨時把一切來不及穩住腳的都震得碎裂散逸。聽不清楚後面說了什麼，只是你一臉期待，然後期待落空，微皺起眉頭。「我說，有沒有看見，剛剛經過的，那一大塊架在田野中央的，廣告看板？」說得極慢，不論是聽還是看，都再清楚不過。而我才想到剛剛只顧著看你，對一旁玻璃窗外曝糊的景象一眼掃過，來不及細看。

你要我說說上頭有什麼（我知道你又開始沒事找事亂聊了）——那大型看板裡頭是薄透的青藍天空，像浪花般層層雲帶邊上滾上橙紅光，高聳危險的龐大巨物分據天空之下，模糊的分辨著圖像，我以為是群山遠遠你說是大樓；分列四周的模糊形影是樹木婆娑你卻說分明是人影栩栩；高速移動的車流在我眼裡映成流動的湍急流水。只有畫面中間的幾點黑你同意我說是飛鳥。

「真是夠了。」每次這類其實無意義的爭論，最後你總是先緩了過來，然後嘆口氣，好像多想到了些什麼似，無奈地看著我這樣說。而我當下都是先心虛，總覺得自己又變回了孩子。

而你幾乎都會讓著我，早早安撫妥協。每到了這種時候，總希望你能繼續跟我爭論下去，可以罵罵我，不要讓我覺得你可以就那樣輕易容忍、接受我的任性和幼稚，就像天空或海洋從來寬闊，或是一望無盡的幽幽森林，充滿了包容與渴望，卻總在我缺乏勇氣信心時令我卻步。我們可以繼續討論那圖樣？就當作閒聊，我喜歡你娓娓道來的語氣，認真的思考然後彷彿抓到了思緒的眼睛像飛來青鳥般發著光，斬釘截鐵的揪著我的話頭說我錯了，然後我會開始耍賴，等著看你露出一副受不了我的表情。

其實你不知道的是，我始終看不懂也看不膩的是眼前的表情。

一直到那天你對著我說認錯人了，其實這又有什麼關係呢？我笑一笑，應該就會跟你說沒關係（你不需要急忙跑走啊），其實早就沒關係了，可是你不見了。我找不著你的照片。所以當你喊我名字的時候，我是真的以為認出你的聲音，而你的臉卻讓我遲疑。

我早已不自覺得期待這樣相逢的時刻。在難以入睡的每個夜裡半空飄浮的夢，或是隨時一個空閒發愣的浪漫想像，不管是擦肩而過還是隔著街道遠遠走來緩緩離去，轉身回頭，沒入轉角的背影，我朝著你快步奔跑過去，抓著你的肩膀問你為什麼要不告而別，所有煽情到虛假不堪的畫面像萬花筒一般，混搭著這背景城市與越來越模糊不可信賴的回憶輪轉播放。

而事實是，當你真的出現了，一切的一切期待與想像，就像是漫飛的閃著七彩光輝的透明泡泡，在映入眼簾的下一秒即被風一吹，便在來不及伸手的時間差和距離的剎那，一顆顆破碎成更小的水珠飛濺四散。你可以聽見那聲音，啵啵地把附著在某處的東西接連著剝落，極為輕柔的、不打擾其他種種的、靜靜的，就除了那非得要你定定地看著，看著那些渾圓美麗的脆弱本身破滅，才能聽見的世界另一邊的聲響。

你的眼睛

真是夠了，她嘆了口氣之後輕聲說給自己聽。隨即馬上側著臉對他笑著，同時很自然地挪了一下位置，拉開與眼前這男人之間的距離，然後看著他的臉頰，那臉因太過白皙而顯得虛假，所有投射的光線都幾乎可以映出原本的顏色，他沒有臉，女孩繼續微笑著，一邊應和著漫無邊際的無意義談話，一邊繼續觀察眼前這人，不到三十歲，言行舉止中流露太多世故，眼神雖然偶爾飄移，但與人對視時的堅定不移會讓人有股真誠的感覺。應該是個說謊高手，她心裡想著，那些被眼神飄移遮掉的心思必定都藏在不為人知的細節裡，還有不時隨著說話擺動的手勢，有幾次幾乎要碰觸到她時，她都巧妙的避開。女孩心想，一個女人如果有意要迴避，那男人只有猜，只有試探，他們永遠都不會知道，只有女人可以毫不費力的看穿，幾乎是本能的。

所以愛錯

走進那間小酒館，我決定把我此後所有人生摺疊揉虐，統統扔砸在裡面，讓砸碎的玻璃碎片布滿任何一個黑暗幽微的角落，偶爾逆射著尖銳反光。那些傾倒的酒瓶就裝注著無法說出口的種種，化成瓶裡的縷縷輕煙漫舞，逼得你暈眩嘔吐。沒有門，不知道什麼時候哪個酒醉的把門給踹了，原本該是門的牆邊上，還留下斷裂的尖銳木條，偶爾上面會排掛著酒瓶，或是用繩綁著一串伶仃作響。來這不需要敲門，也可以不付錢，只要有一個好理由。但大多數人總會付錢，因為他們懶得去找理由。

其實我不是很清楚，每次清醒之後，總記不得那段泡在酒精裡發酵的記憶。他們說我總是認錯人，我說你們怎樣好怎樣去，別管我那麼多，來這喝酒便喝酒，不要囉唆。我每次進來就盡可能的不引人注意，快速的走到店裡最角落，手指向上一比，那吧台裡的傢伙總是能看見，隔不了多久桌上便擺上了一瓶啤酒。對於啤酒我也不懂，但我認得瓶上五花八門各種顏色圖案樣式的標籤，我認得酒瓶的差異，瓶身的胖瘦凸凹弧度、顏色在薄燈照射下映出的不同色差、拿在手中一口又一口浮喝間的輕重、放在桌上敲撞的聲響、迴盪在空蕩瓶內的最後一口迴魅的酒氣，這些我在第一口都清楚了然。他們總喜歡笑我不懂得喝酒，我清醒著便只管喝，然後放空發愣，我希望就這樣被沖淡，每一夜翻過每一夜，而我的確是喜愛那金黃流光的酒液的，深深的著迷，我想把那泛著醉意的渦漩導入體內直到充斥著最微末的血管，我用我的方式去理解它、馴服它，但我始終還是只認得那標籤那酒瓶，酒自身的絕美抗拒著我的理解。我知道的，我被那美擋在門外。

後來，我開始把世界分成兩邊。一邊是「他們說」，一邊是「我覺得」。譬如，他們說我第一次走進來這地方，穿著一身體面漂亮的西裝，沒有人來這裡會穿西裝的，就算有，也一定是洗到破舊摺縐還可能翻找得到補靪（那大概是唯一一套穿得出門的衣服吧），他們說我當時多麼自信迷人，一進來沒多久便和所有的人都說上話，幽默風趣談笑風生，大部分的人無不是讚賞、歆羨、崇拜的眼神。而我就像是每個人的好朋友，是多年相識的知己至交，好像是擁有很長一段時光的老交情，讓每個人推心置腹，彷彿我曾參與了任何一個人過往人生中那一段極為重要的日子，他們都喜愛我，也懼怕我。每一夜都可以在我身上看到自己，不論是冀望的、被捨棄的、缺少的、反面的、隱性底層，所有為人知與不為人知的，他們能從我的一言一舉說話聲調的抑揚頓挫去判斷分辨，「這個屬於我」、「他者」、「渾沌不明」、「相同的經驗」……等等許許多多你根本無從分辨歸類的無以名之，而其中的意義只有自我歸屬。他們（無比懷念與惋惜地）說：

「後來不知道從哪一天開始，你變了。」（去你們的蛋，再讓我看到或聽到這樣的表情跟語氣，我一定先把你們都揍慘了，再用酒瓶碎片鋪滿地板，叫你們一個一個給我爬著滾出去。）

我覺得那些都像是狗屁般胡扯。以為我像一曲勾人回憶的樂曲，或者是邊呵著氣邊在你們的玻璃窗前劃下一根根火柴棒的小女孩。他媽的每一個都彷彿煞有其事的說著，這個這樣那個那樣，嘰哩呱啦的吵個不停，我根本就不想聽這些莫名其妙的事情，為什麼那天花板上垂吊搖晃的燈泡不斷地在那些浮動的臉上閃爍，灰暗光亮不斷輪替遮換，被分割成不同區塊大小的臉一直崩裂，沒有一張臉是完整的。我想起手中緊握的酒瓶，玻璃的冰涼隨著流落的水珠撫過手掌讓我安心了些，那些被光影切割的臉，讓我懷念起在燈光照射下呈現不同透光度的酒瓶，但我又恨那些虛晃浮動的臉，他們讓我覺得我才是酒瓶，並且不斷地被搖晃著。

我覺得認錯人的是他們（但我無力對此與人爭吵）。

「真是夠了。」你輕輕嘆了口氣，微側著臉笑著說。並伸出手來用指背撫著臉頰，那手白皙輕慢，我覺得應該是冰涼使人平靜的溫度，就像是半浮在玻璃杯中的冰塊。每想到這些，我便去要了一個杯子，幾顆冰塊，緩緩順著杯沿流入直到表面張力的極限，然後羨慕著漸漸融化的冰塊與酒相融一體，開始慢慢的溢出杯緣。

為什麼我總覺得那杯酒水彷彿你底眼深沉無盡。水光波紋越瀲灩擴散越是曝光一切。

從旅館退房開始

他們搭著公路客運下交流道時灰撲攙黑的天頂已經壓下，天光只燒剩下觸地的暮色餘燼，車子轉進省道後兩旁盡是一格格區劃開來的田地，沿途路上不時壞閃的路燈，或是直接喑啞，鄉下田庄總不喜田邊架有路燈，那光照範圍有限的燈芒會影響局部性作物的作息，如果農作物原有的生理作息被打亂，就會延遲或加速生長，更甚者會因為光照的熱度而枯萎死亡。他小時候有幾次會趁夜裡無人，到田邊拿石頭扔擲路燈，記得那時他不曾打滅過任何一盞燈，倒是石頭扔投進田水中的撲通聲在夜裡清亮透響。

車子裡的乘客陸續醒來，窗外除了遠近不一的疏落住家和偶爾幾間閃著霓虹的檳榔攤之外，其餘幾乎是黑茫茫，那些亮光像是裁縫在黑布上的色線。座位上方的冷氣孔繼續嗡嗡吹送，窗玻璃上留下一道鼻息。那人倚著窗，不顧一路上的顛簸仍閉著眼睡覺，規律平順的呼吸著。

穿過荒僻的偏郊道路，周遭開始出現一些商家的招牌燈箱，那人已經醒來，開始對外頭的街弄比指著，那裡上次來的時候是什麼，哪個轉角過去就是什麼店家，哪一攤必吃的在地小吃藏在哪裡，他靜靜的聽那人嫻熟的介紹著，他只是覺得這夜裡淒涼冷清的小鎮讓他有回到小時候鄉下家裡的錯覺。當初會答應那人一起過來，也是因為那人對這小鎮的形容介紹讓他有一股彷彿已經去過的既視感。車子到站之後，客運站剩下售票口的燈還亮著，坐在櫃檯裡的售票員神情呆滯的垮坐著看著旁邊的電視，售票口上的白色日光燈管偶爾閃爍，幾隻小飛蟲圍繞著不時往燈壁上衝撲而發出細碎聲響。那小鎮僅有的一間旅社是一棟四樓高頂樓加蓋的透天厝，外牆的細長條磨沙紅壁磚上布滿一道道灰白的流水痕，兩旁防火巷堆滿塑膠籃、拆摺的紙箱、壞損的舊家具和半傾倒靠牆的腳踏車等雜物，牆上窗戶開口都罩著白鐵桿的窗籠，一台一台突出的冷氣壓縮機上鋪蓋著鐵皮或是拆毀的壓克力廣告板。那裡離車站不遠，小鎮入夜後過了晚餐時間街上幾乎都沒人了，店家的鐵門也都拉下來，只有街口的一家全天營業的超商兀自亮著犀利割人的白燈。

一走進旅館，昏暗的燈光，櫃檯上到處都是被菸燙的黑色坑疤。辦了簡單的入住手續後，旅館的服務員把一串連著門牌的鑰匙夸啦放到櫃檯上，並且一臉狐疑的用眼睛打量二人。進了房間後，那人一臉害羞拘謹的神情，馬上從背包裡拿出化妝包而後併著腿跪坐在床沿，一隻手拿著小小的鏡子照著一層霧般的粉臉，透著朦朧映射而出，遮換了原本長滿青春痘的臉頰，亮色的眼影一抹，平時總羞澀迴避與他人對視的細小眼睛添了一瞥精光，細緻眼線微微上翹的尾收得利落。那人原本穿著一件過於寬鬆的普通款式深色T恤，正中央還有作弄著滑稽鬼臉的卡通圖案，那人起身旋了個圈，對著一旁鑲在舊衣櫥門板上的鏡子搖了搖頭，嘴裡喃喃叨念了幾句之後，繼續在嘴唇上塗上碎亮透明色澤的唇蜜，然後側身彎腰從地上的背包中撈起一個束口袋，拉開繩口，緩緩動作拿出薄紗質料的黑色上衣、約略及膝長度的深藍短裙、扭成一團的黑色褲襪、幾件色彩繽紛的可愛髮飾，褪色掉漆的塑料卡通人物大眼蛙、Hello Kitty、小星星、還有貼滿閃亮亮塑膠水鑽大蝴蝶結的米妮，最後是幾對設計精緻的耳環，連帶著一堆複雜墜飾的長短項鍊，還有一盒隱形眼鏡角膜放大片……

那人先用一隻手護著臉上的妝，另一隻手則把那件卡通棉T給脫掉，接著直接穿上那件薄紗上衣，然後再彎腰褪下褲子，直接就坐在床上，理了理那一團褲襪，再把腳尖套入其中，慢慢的往上拉平，一腳先穿到膝蓋處，另一隻腳也套進去，慢慢的往上捲直到膝蓋處，再兩腳一起邊調整邊往上穿好。接著再探身從背包裡拿出一頂黑鬈長假髮戴上，並讓他幫忙拿著小鏡子，邊從那堆髮飾挑揀著邊把它們別上假髮，最後那人再請他挑一副喜歡的耳環幫忙戴上。整個過程其實花不了多少時間，他全程都沒有說話，腦子裡卻忽然想起晚飯還沒吃而感到強烈的飢餓感，他說出去吃點東西吧，那人說快好了，就等戴上隱形眼鏡放大片。他們下樓時。旅館服務員已經坐在椅子上仰著頭睡著了，他看了櫃檯後牆壁上的時鐘才晚上八點多，而外面已經是一片寂靜，沒有車燈滑過的引擎聲，也沒有人在街上走動，他們倆並肩朝剛剛經過的超商走去，一路上那人喃喃說著一些話，他卻好像什麼都沒聽到，他覺得街上的路燈太亮了，讓他感到非常厭煩。

旅館服務員作了一個夢，夢到自己本來趴在櫃檯後的桌上睡覺，忽然地面傳來震動，隆隆的回聲似乎從很深遠的地底下湧出來，接著地面連同桌椅都開始軟化搖晃像是在浪頭上，他睜開了眼，看到地面開始碎裂沙解，所有的一切都往後面傾倒，像是流沙朝著唯一的孔穴竄流，他也跟著感到暈眩，整個人如同被人忽然從後使勁拉扯領子般掀了起來，突來的騰空失足般掉落進漆黑的絕暗深淵……

然後服務員醒了，整個人抖跳了起來摔倒在地上，椅子一陣乒乓作響，服務員躺在地上，看到窗戶上半的一線淡藍天空與幾許白雲流蘇，而後身上幾處開始傳來疼痛，腦子裡還是剛被驚醒的迷糊，轉了轉勉強撐開的雙眼，心想著今天是個好天氣啊。此時一道人影晃動遮住了門口的光線，夸啦一聲把鑰匙放到了櫃檯上，然後轉身走了出去。服務員正微晃著手吃力地撐著身子想要站起來，卻只看到一個長鬈髮的背影從門口轉出去，印象中沒有這種背影身形的住客，正要出聲喊下那人，喉嚨一陣沙啞，呃嘞咕嚕地發出像裝了一袋的石頭般的磨滾聲，清了清喉嚨後，那人已經不見人影。服務員看向櫃檯上的房牌鑰匙，也不急著動它，轉身把倒在地上的椅子扶好。後面牆上的時針指著數字八，秒針以非常細微的聲音小腳跑步般的移動著，像有數隻腳的蜈蚣或蜘蛛，精密準確且無聲無息。外面的麻雀嘰嘰喳喳，街上傳來一些破碎的說話聲，腳踏車鈴聲，衰老的野狼機車靠著排氣管費力的嗚嗚嗷吼，而後面過處皆揚起一陣奔騰黑霧。

外頭的嘈雜如同塵灰，時而被風吹散時而聚攏。服務員打開了電視，晨間新聞的女主播口條清晰的報導著一則則新舊新聞，轉了幾台都差不多是那些，有如同連續劇般持續上演好幾天的某某事件最新發展，並不時把舊的新聞畫面以及最起初的來龍去脈不斷在空檔重複播放，生怕任何一個剛剛打開電視的人不清楚事情的來往始末，鬼打牆似的追蹤報導；或是有一些簡短新聞，去頭去尾隨意揀取，像是在搪塞轉片空檔的小廣告，主播或記者呼嚕嚕地趕忙念完一串字，再搭上一閃即過的照片或畫面（有些連照片或畫面都沒有），然後美麗的主播笑臉吟吟的繼續念著下一則新聞，有時候搭上彷彿歉意又彷彿「你知我知」的那種不言而喻的默契。唉，真像一場又一場無聊的約會，但至少面對的那人長得好看，有些人只要長得好，說什麼其實都可以只是當作映襯的背景聲音。

最後還是會轉回慣看的頻道，服務員覺得那頻道在早晨時段的一位女主播很特別，她不像大多數的主播看起來有種憋著笑或憋著不耐的僵硬神情，反倒是不太笑，可是她不笑也不會令人感到嚴肅或是怎樣的，服務員就是看著心裡覺得輕鬆，偶爾發現她嘴角微彎的弧度，都讓服務員想起那些夜裡懸在半空的細鉤新月，不管是用拍照或是非常非常仔細的穩著手描畫，也無法呈現出相同的那種勾人彎弧月牙。服務員每天都會對著螢幕裡的她說說話，閒聊著天氣，女主播的穿著打扮，今天有什麼計畫，昨天都發生些什麼事……服務員一天說最多話只有這個時候，但偶爾會因為隔太久沒開口而咬字不清，不過慶幸的是，她都不會顯出不耐煩的表情。

其實往來這小鎮的人車還真不少，在小鎮邊沿有一條主要的道路經過，算是附屬鄰近一個都會區的衛星小鎮，再加上另一個邊沿是通往一大型工業區的必經幹道，所以不論是上下班時間甚至是深夜凌晨，都有各種自家用的轎車休旅車和來回工廠的各式貨卡經過。只是那些喧囂紛鬧僅僅只有擦肩而過在外圍環繞包裹，小鎮居民的群聚中心反而平靜無擾。好幾年前最後的一波出走潮外流之後，鎮裡的人也就停止流動了。可是歲時依舊流轉，當時年幼的已長大，稚澀的變成熟，年老的凋零散落，出走的人難得回來，唯有年節時這鎮子才向忽然從深眠中驚醒，但回來的也一年比一年少。而漸漸地留下來的人也幾乎都相熟，有人相依，也有人趁著靜悄的氛圍之便劃下自己不被打擾的領域。偶有車子迷路繞了進來，還會對這樣彷彿被另置的靜默環境有種迷惑，但通常他們都急於找路離開，對於那種一閃即逝的入夢感毫不在乎。

除了邊境的那主要道路外，要進到鎮裡還要先穿過田地和果樹林，其間道路就僅容兩車勉強會錯的大小，時而直挺望前方之遠近，時而曲折蜿蜒被截斷視角，倒是馬路旁有一條近幾年時興的自行車車道，穿繞林蔭與田埂邊，路上漆畫的指示箭頭和兩旁標線都因少有人使用還很新，上面只有幾個鎮上住民散步留下的泥乾鞋跡。

進到鎮上之後，鎮上幾乎都是老舊屋齡的公寓平房，對於天空仰望沒有壓迫感。那間旅館是鎮上第一間旅館，至今為止也是唯一的一間，當初旅館主人為什麼要在這種地方經營旅館已經沒人知道了。據說第一代的旅館主人不是本地人，沒有人知道他從哪來的，有關他的事情在當時幾乎沒有人知道，到了現在更是不可考了。而當初在蓋這棟旅館時，旅館主人特別設計了一道旋轉的弧形樓梯，一路旋上三樓，每層樓都呈現梯型的下寬上窄的形狀，兩邊扶手都是溫厚的木柱，經過歲月勾纏其上的原木流紋和被曾經的住客們撫平透亮的滑潤表層。曾經有段時間一樓樓梯地板鋪上了異國花紋的地毯，花了好大一筆錢，不過大概也只用了半年時間，那地毯就被收到了三樓某一間房間裡，自此每一階樓梯回復原本的樣子，與扶手相同顏色和相似木紋的長木塊。直到現在，旅館服務員每次看到都覺得也許整座樓梯用到的木材是來自同一棵巨大的樹，也唯有這道樓梯散發的質感跟整間旅館的破舊廉價的氣息格格不入。

即便經過幾十年，這些木頭不見什麼磨耗的跡象，也沒有一般老舊的木梯被蟲蛀或是潮濕腐爛而面臨崩毀的嘰呀聲，除了邊邊角角幾處無意中敲壞的凹損，整體來說反而越來越沉穩，彷彿是它在支撐著整間旅館，而它本身也在時歲中不斷壓縮提高自己質量的密度，禁得起任何壓踏。

服務員以為今天只是另一天，一樣懶散的拖著腳步走出櫃檯往後面的小廚房去，打開冰箱，拿了昨晚喝了幾口的罐裝咖啡，仰頭灌了幾口，再隨手抓了餐桌上的麵包啃著。肚子實在太餓了，可是服務員完全不想動手煮食，也懶得走出門去買，拿湯匙舀了幾口瓦斯爐上擺著的昨晚的剩湯，心想著再撐一下就中午了，中午再說吧，能不用出門就不要出門，心底發懶。服務員兩三口把麵包吃完，正開始覺得無聊了，忽然想到剛剛似乎有位房客退了房，好像是個女的？服務員閉上眼搖了搖頭回想著，剛才迷迷糊糊的也沒看清楚，跌倒撞到的地方像是被提醒了，悶悶的又痛了起來。不管怎樣，總是先上去看一下房間吧。繞出廚房，服務員朝著櫃檯走去，拿起櫃檯上那串鑰匙才覺得奇怪，那跟標有門牌號碼的壓克力板串在一塊的鑰匙，不是這間旅館的鑰匙。他皺起了眉頭，這又是誰亂搞，真麻煩，撇了撇嘴自己咒罵幾句，打開櫃檯下一道抽屜，伸手進去撈出一串鑰匙，照著壓克力板上的房號揀著備用鑰匙，那些鑰匙儘管已經放了很久，卻因為幾乎沒使用過，邊邊角角之間仍銳利得很。然後服務員還是邊攥著那把莫名其妙的鑰匙，三步兩步的走上樓去。

穿透（廢墟夢）

那片鐵皮圈圍起來的地方在路口彎角處翹翻了一處及腰的空縫，深藍色的鐵皮像一片斜擺的刀鋒，銀晃晃的邊緣還有花綻綻如褶裙的曲紋。他估量了那道孔縫，露出空縫處上下橫穿著兩條鏽蝕的角鐵，中間也許勉強可以鑽過。他矮著身子蹲低準備，先跨過一腳，再縮頭低著肩膀想先過一個半身，那表面已裂解成薄片粉末的紅褐鐵鏽透著生血的味道。小心移動間幾乎聽見頭髮擦過上頭鏽鐵的聲音，粗勒勒地硬磨了一搓粉末落在一邊的臉頰，然後再掉下，有一些沾黏在皮膚上。扭曲挪動了幾下身體，終於過了半身，一放鬆便加快動作，另腳一縮，鐵皮哐隆作響，一陣熱辣的刺痛，再低頭看褲管已經被撕裂一塊，膝蓋內側被掀翻的鐵皮銳角鉤了一道口子，黑矇矇著看猜想應該割得不深，可是陣陣刺麻陸續暈散排開，深夜裡勉強看到就是不那麼黑的深暗紅血開始滲染所經的褲布，微傾身也讓剛才落在身上的鏽粉又跌散了，往傷口飄下，像紅褐的細沙。

他忍住聲，踉蹌著往一旁較靠近路燈的方向走了幾步，彎著腰側對著光，那血已經沿著小腿流下，熱暖暖的順著腿腹往腳踝去（日後那道傷口將收束成一道長型細疤，像提醒著一次笨拙的蟄伏）。

也夠狼狽了，他看了看四周，一跛一跛走著，鼻頭仍是一團鐵鏽的血腥味和荒涼的淡淡腐朽味。他倚靠著不遠處鐵皮外的微弱路燈，循著路走。如果沒記錯的話，穿過這塊空地是最快的路徑，他想跨大腳步加快速度，腳卻不聽使喚，沿途分撒著廢棄雜物和垃圾，有時踢到寶特瓶鐵鋁罐發出叩隆扣隆的聲音嚇了他自己一跳，也顯得這裡太安靜了，還有阻路的石頭和小坑，有些草長輕撫過腳上的傷口，甚或那草尖戳刺移劃，陣陣搔癢，痛好像麻了。伸手稍稍觸摸只感到傷口周圍腫了起來，像被抽打過，而血似乎漸漸止了，結成一片貼覆著皮膚的脆膜，褲管仍舊些微濕潮，那布料摺了硬角，摩擦著那層凝結不久的薄脆，那像被蟲蟻齧咬的刺麻使得那隻腳顯得彆扭難伸。

他幾乎是拖著腳步走在這片黑漆的地區，心裡著急慌亂，卻也硬是得回想著從外邊經過馬路時的觀望，若沿著路走，這裡粗略的距離大小倒也逐漸心裡有底。他邊張望著遠邊鐵皮外馬路的方向，卻發現自己越走越偏離，想讓自己拐往邊沿的方向走，卻察覺到仍舊是遠離，並持續往虛無深邃的中心方向趨近，彷彿不論怎樣修正都無法改變，他以為的直線畢竟還是偏斜的。而前方也漸漸地模糊出現一座不同層次的黑烏的粗糙建築，那邊界就像是壓印著模痕，四周的漆黑微微後陷，使得那建築形貌的物體凸顯了出來，像一座工事中的結構體，或是一個荒煙蔓草的破棄廢墟……

也許是後方，或是遠邊的馬路，一時也分辨不出來，原本靜謐的夜隱隱有鼓譟的鬧聲傳來。然後很快馬路上的夜空一陣轟隆暴閃，一堆亂七八糟的呼嘯叫喊和引擎喇叭聲爆開，像什麼給崩毀了，之後鬧聲的尾音漸弱飄上天，很快的回到一片安靜，他仍揪緊了身子不敢動，幾個呼吸後，還有碎響從周圍傳來，這次近一點，裡面混雜了腳步聲和說話聲。

他想起小時候就開始跟隨他的噩夢。

在鄉下他家屋子與旁鄰的庄廟之間有一條闃黑的碎石小路，路中央唯一一盞慘白路燈下的茫茫霧光裡，常繞碰著一簇大小飛蛾和喊不出名字的飛蟲，偶爾幾次從圍牆邊窺探，看到有幾乎巴掌大的斑斕鳳蝶翩翩君臨，那僅有的一盞路燈被向光的飄粉薄翅遮掩，使得它的光照範圍被搧滅緊縮，而僥倖落到地面上的微弱光線，時而揮動著光影，一閃而過或是留住。他那時身高才剛剛足以讓他的眼睛高過牆面，那時晚上吃飽飯的閒暇時候，大人們圍聚在庭院裡泡茶閒聊，他常站在不遠處，斜仰望著那盞再小跑幾步就可以到達對面廟牆邊的路燈，看著那些跳閃的影子拆組成各種形樣，有側臉、有手勢，或者就是正在張翅的影廓……

那時候他總對那幾乎只要入夜後就黑暗無人的小路莫名在意。而這碎石路往裡走是一塊四周零散丟著舊農具的空地，還有廢傾的牛車和成綑成堆的木條和長竹竿，最裡邊角落有一屋瓦破敗露出蟲蛀朽腐橫梁的磚仔厝，綠草在沙土間蔓長，淹沒了棄置存留的簡陋家具。他記憶中只有偶爾幾次，在下午放學時刻從路口經過，看到灰昏的紅橘層次天空下，那破屋子旁的木頭電線杆邊架著一道長梯，一抹灰溜人影帶著亮橘頭盔爬在頂端摸弄著，除此，平時也不見有誰人出入。

那被棄留的一處荒角，貼沿著他家矮牆一邊是叢細枝碎葉不過一樓高些的樹。不知從什麼時候開始，在碎石路要進空地的入口處一棵樹幹上，被用細鐵鍊拴了一頭白灰的羊，瘦瘦乾乾的，幾次看到都好像待在同一個位置，差別只是站著或是趴著，像等待也好像不知所措。那羊平時也不怎麼叫，即便偶爾叫了也很輕微，彷彿是要發出聲音前喉頭顫抖的剝嚕剝嚕聲，非得要走近才聽得見。後來那隻羊在某一天早晨被一隻有成人半身高的大狗從頸部就一口給死咬住，那羊也沒機會反抗（牠看起來也疲弱得無法反抗啊），就是短暫地發出從來沒有過的大聲哀嚎，然後就是拉扯鐵鍊的聲音，那細鐵鍊像不斷地扯直的繩索簌簌作響，很快的又是一陣平靜，大狗繼續咬著也不走開，就在樹旁趴了下來，那羊起初腳還會微微蹭著蹭著，終於不動，死了。從頭到尾就只咬了一口，而且大狗幾乎一整天都不放開。

他剛好就站在他家圍牆邊，當時只高出圍牆的半張臉，卻也正好看到那邊的全程捕殺的景況。從大狗輕腳匿蹤的接近，到那羊警覺驚醒而至後來……他記得那天早晨陽光很好，樹葉的影子映在地上、甚至在羊的蒼灰白短毛和棕褐大狗的身上都很拓印地清楚而明顯。他當下不敢出聲也不敢去找人說，因為那是他家裡的狗啊。

而這一切曾經發生過的，或是後來仍然存在的種種，入夜後看去都成了一團黑。

有好幾次他在夜裡突然驚醒，都是因為夢到了那條緊鄰的黑暗小石路，從廟與家裡圍牆挾出的路口處，一群奇裝異服各式臉孔身形的鬼怪，手舞足蹈，東張西望，在兩旁建築攀上跳下，或就探頭像果凍般柔軟地滑伸進窄小的銀白鐵窗欄內，再毫不猶豫的把半顆頭融陷進布滿毛霧花紋的窗玻璃裡好奇窺探。他看到它們有些嘴巴咧開並且穿出整個臉頰笑著，也有一臉肅穆沉悶，有哭喪著臉的可憐相，或忿恨瞠目不耐地推擠著周遭的鬼怪，各自的表情與肢體都很活躍，且極盡誇張激烈，甚至在一團團紛鬧中，仔細看可以發現還有些面貌安靜平和帶著祥慈的緩步移動，讓他想起看過的神桌上所供奉的神像……而整個夜闇如同被拉繃張大到了極限而毫無聲音傳遞的空間，只剩下行走其上拖著腳步滾動的嚕嚕碎石聲陣陣從地上顫動著傳來，然後他驚醒。之後的時間不時都會作同一個夢，而夢一開始都會有一隻雪白透亮的鴿子從夜黑的邊緣緩緩從他的視線高度飛過，吐著厚實響亮的羊叫聲，振翅提身，每一隻翅羽揚動，反射著一旁孤危的路燈，讓白羽附上銀亮，也讓遮暗更顯黑沉。他隨著那隻鴿子移動著視線沒入夜黑，而後回神，一轉頭那些鬼怪就已經在路口，而且每次都會變換各種表情姿態，鬧動躁亂得更厲害些。甚至到後來夢裡的時間開始轉動，夜黑然後繼續黑，不同層次的深度抽拓形成遠近的距離感，調動的光度使得夢裡躲在牆後窺看的他感到恐怖又滑稽，像被強迫看著眼前的演出。幾次醒來，他也曾想過，也許不是他在窺看，反而自始至終都是它們每晚在等待著表演給他看，更後來他長大，慢慢少了，甚至到了某天想起發現自己有多久沒作那個夢了？而即便沒有再夢到，他也相信那些鬼怪還是在那邊，每個晚上在夜的刻度中歡騰。

有些念頭是不去起念就會相安無事，一旦動念了，就越來越在意，直到它緊貼著就到了眼前。

他持續走著，卻因腳步不穩而踢了幾顆石頭，也踩落了幾處凹坑，在某一次差點就要跌倒的顛簸中，他從心不在焉中回神，才感到一陣涼麻從肩背爬上頭皮，有一點點暈眩，眼前像被撒了金粉磷磷散落，剛剛的腳步聲和說話聲都消失了，但皮膚開始浮現一種直覺是被注視的些微灼熱的刺痛感。四周顧盼，才發現某幾簇草葉上有反射銀光的水珠。而疲累終也找上身了，像藏於身體某處的蟻穴或蜂窩被戳動了，內裡繁衍積累眾多的螞蟻蜜蜂傾巢而出，爆漫開來，源源不絕的跑出來襲擊囓咬，無數隻纖密的細足輪走或是不斷搧動的輕薄翅膜摩擦掃過，像潮浪淹漫，從身體的深處像是孤水終於抓尋到路徑，從密織的棉線攀緣，然後黏附在裡外皮層，塞阻每一個微血管毛細孔。他邊走邊從身體裡長出一層新的厚皮層，慢慢結實的覆裹著他的身體……

這時發覺剛才腳上那道口子的痠麻刺痛是全身不斷翻湧的疲倦的唯一破口，痛得利落冷冽是輕盈乾淨的，此時反倒覺得那隻腳的知覺清晰，甚至可以拖著身體往前走。

他非常喜歡在深夜裡閒走。在平時他偶爾會趁著夜晚街上沒人，穿著輕便出來閒晃，除非是過於悶熱或是大雨，不然一般來說各種氣候他都怡然自得。他對這城有太多的不滿，就像是天空總是被阻礙著，那些各種設計姿態的大樓、邊邊角角地畫下直角框線，天際線成了一道從地面矗立起伏的邊界，還有那些玻璃帷幕，強迫粗魯的反光、都市熱島效應、窄巷弄、單行道、像是永遠梳理不清此起彼落彷彿夏冬雜毛般的路邊停車、連綿的雨勢、還有彷彿隨時隨地都可以從任何一個孔洞隙縫中流出密密麻麻的人群，還有更多不在場卻仍舊自顧自滋長活動的種種生滅……雖然場域難以移轉，但時間卻可以，甚至時間更為任性地影響改變著場域。而這城也是，入夜了干擾也少，似乎此刻才真正地可以與城市相處，那種走在路上的任意穿梭很真誠踏實，只有此刻才覺得這地方也不是那麼討厭。而今天一早氣象預報說入夜會下雨（他習慣在每天出門前先查詢一整天的氣候：最高溫與最低溫、紫外線指數、太陽、陰天、有風雲、下雨機率……），可是到現在空氣裡還是沒有下雨前的潮涼氣味，只是有點悶滯。看了看天空，一層層厚灰陰雲堆疊漫動壓逸出滾邊的褶縐不斷地往下壓迫，他還是打定主意，繼續朝著那棟建築物走去。

進到那建築裡，與外頭相比一陣涼爽，身體毛孔都張開感受到一股熟悉感，沒有燈光，但由著某幾處壞損塌毀的屋頂，月光挾著外面的光濛侵透了進來。而他進來就一直聞到好幾種味道混雜的氣味，微微刺鼻，很明顯有木頭濕爛的氣味，應該在哪處有積水，有一股淡淡的水腐壞的腥味，除此之外其他的味道一時也分不清。眼睛適應了不同光度的變化後，能清楚地看見這屋內極為寬闊，周遭還遺留一些質樸的家具，桌椅沙發櫥櫃盆栽裝飾分別散落，循著走，遠遠屋外仍看得見燈光，朦朦朧朧，穿過過道，像是客廳的空間中央擺了一張長桌，四周圍放著不同樣款的椅子，明明空晃晃卻又覺得擁擠。略略繞走看過周遭，這建築體內部有一部分根本是廢墟了，但不是破敗的，而是搭建到一半、也許不到一半，就好像是剛準備搭出一個可以被辨認的形貌……他忽然想起這房子內部就像是搭建布景般的樣品屋，有些區塊精緻而脆弱，像鋪了層生動逼真的攝影圖樣。而這整個寬敞的空間收束在一條暗濛濛的深長走廊，似乎只靠著兩旁房間裡的窗口引流而來的微弱薄光，才顯出一點足供辨識的路境空間。

再往內走，拐進第一間房間，一整面落地窗上飄著薄窗簾，透著隱隱光芒，還有他滿滿的疑惑：這間房間裡擺了一個他很熟悉的大木衣櫃。那是他小時候家裡房子改建前，他父母親房裡的大衣櫃。記憶中在房間裡那一個掛滿大衣的櫥櫃中有一格抽屜，總無時無刻備著各式各樣文具，鉛筆橡皮擦立可白筆記本自動筆筆芯都是最基本的積儲，時不時用完了，出門上學前或晚上整理書包時就會去拿。偶爾遇到生病請假而提早下課，或放假跟著出門去市場，他的母親會在買完菜後，特地繞到市場附近一間書局去補貨。當時有的都還只是擺滿了百貨雜物文具禮品的文具店混合書店，裡頭一面牆壁上就是不同年級各種版本的自修參考書，或是簡易濃縮的世界文學名著兒童故事。與那種更傳統的像是自家的小店面，放上幾個長方型玻璃櫃與簡陋的書櫃，兩三盞細鍊懸吊的長型外罩式日光燈管上還飄垂著絲絲蛛網，燈光灰灰暗暗的自家經營雜貨店式的文具店不同。當時那間書店是整個小城裡最新潮、最現代的書局。它有全棟三層樓的明亮空間，一樓專賣各式各樣的文具；二樓一半是各年級的參考書，另一半是各種書籍雜誌；三樓則是琳琅滿目的禮品玩具，還有一扇扇可翻動的大型海報架。整棟書局被內嵌燈管旁的銀色白鐵反射浮游出光亮的輕鋼架天花板、層層堆疊的透明玻璃層架、好像永遠新白的牆壁，更多更多的商品禮物海報玩具都像是各自發著亮光縈繞著。每次走在其中，上下樓梯穿梭在不同樓層，他就會覺得自己好像跟平常不太一樣。

當時他總會看著滿滿整個格架的小框洞裡，那些管管簇簇群聚著的各種不同品牌顏色的筆，強迫症（他長大後才了解這早早摺藏在他身體裡的不受控因子）似隨意抽出一支筆，然後在一旁試寫的白紙上拚命的塗畫，直線勾折直線勾折，像在跟莫名的邊界對抗，反作用力來回彈撞塗滿一整個空白部分，只是直線太固執了，總會循到上一道軌跡再重複蹈陷下去使得紙容易破。他也試過畫螺旋，無止境的螺旋，覺得好像牽著螺旋可以比較快淹漫整個空白。其實應該是差不多，只是相對的螺旋有慣力一滑落就會自行旋轉擴張，手也不需要出太多力，比較不瘦不那麼緊張，筆跡也不容易重複。不管哪樣，他會躲著書局老闆的目視，盡快把一張紙給塗滿，直到他覺得那紙被壓染得更薄透。

有天他下午放學回來，想到房裡拿幾支筆，推開拉門，房裡一如往常昏暗。那間房靠近走廊的一邊用四片深琥珀色透明壓克力板材質的拉門隔開，裡面是一層白底的厚帆布印著滿滿紅橘兩色大小圓圈式樣的拉簾，黃昏的微弱光線從走廊另一側窗戶滲透進來，浸入透明門板後在厚布簾上浮了一層油漾，而底層邊緣像被潑了水要乾未乾卻又因為材質使得部分的光沿著表面流淌下去，在拉簾底下淤留。他依舊沒有開燈，就按照以往的習慣繞過床沿伸手打開那個櫃子的門，往平時擺放文具存貨的地方摸去，接著手因為意外的摸到了毛茸茸的觸感而被嚇得急速縮回，才發現在成排掛吊的衣服中，有一塊即便昏暗的房間裡，仍看得出一匹雪白鬆毛掛吊在衣櫃裡，而那尖長的黑色鼻頭就垂擺在下方，像在嗅著什麼。他很害怕，也不管文具，就轉身跑了出去。

記起那是在他很小的時候，某次父母出國帶回來的白色狐狸皮，連著頭部的部分，當然頭骨早已被抽換掉，還有兩顆假的黑溜溜塑膠眼珠子，甚至連長挺的鼻骨也是假的，後來就被收藏起來。是什麼時候再被拿出來的呢？他想起很久之前第一次看到那沒有生氣、明明應該是別在廉價幼稚的玩偶身上鈕扣般的眼睛，明知道是假的卻還是因一身白雪的皮毛而遲疑。他也曾以為那身皮毛是假的，像是天冷時母親會從櫥櫃裡拿出來，鋪在床板上的綿毛暖被，時不時翻身還會搔得鼻頭癢癢。但當他看到那白毛的裡層，那帶有膚質觸感但相較於皮膚更為粗糙些的皮質，他強烈直覺那是真的。在親眼看到、甚至是親手碰到之前，他從沒有完整的想像過如果皮被剝下來應該是什麼樣子，可是那張皮，他就摸過那次，但觸感彷彿就此沾黏附在指頭上，軟軟暖暖的。

後來，他聽說只有狐狸這種動物會在每一個最滿月的夜裡，自月亮升起的那刻開始緊盯著月亮看，著迷入神，除了極緩慢的跟著月亮移動而轉動脖子和眼珠外，整個身子動也不動。他就也等到一天滿月，讓自己在視野開闊的郊區，入夜後就看望著圓月，那晚月色帶點昏橘，幾絲殘雲。試了一陣子，必須不斷壓抑體內不耐急躁的騷動，他勉強自己耐著性子，放慢呼吸，拉長呼與吸的間距，一次次又強迫自己拉長再拉長，好像漸漸可以覺察身體的狀態，模糊中有一個什麼開始成形。然後他為了延長間距就開始憋氣，像把身子吊在半空，搖晃，而後忍受不住，一放開馬上大吸了一口氣卻被自己嗆著，像炸開了一個缺口，拚了命咳嗽。而月亮就好像沒有移動過。

他走進房間深處的的木衣櫃前，那木櫃比他高了許多，猶豫了一下，伸手輕輕拉開一邊的木門，櫃子裡黑壓壓顯得深沉，再拉開另一扇門，剛好擋住一旁落地窗暈散的薄霧浮光，空的。他鬆了一口氣並且感到慶幸，隨即發現原本落地窗的光隱隱然像燭火被風吹拂，晃曳了幾下就淆滅了。他在黑暗中退著出去，面向著對面另一個房間，手扶著門框，踏出受傷（沿路至此他幾乎都要忘了腳上的傷）的那腳，沒注意到這處地上濕濘，一著地就腳步不穩一個踉蹌，踢到了腳邊的一處木板，卻沒想到那整塊木板早已朽爛，一踢就扯破了，然後一腳踩浸在水灘中繼續滑出，跌倒的身體也順勢扯了旁邊的木板牆，劈哩啪啦地引起周遭連串的傾倒，一陣混亂，卻沒發出太大聲響，就是噗、碰、匡啷匡啷……重重跌倒輕輕倒下，地上幾乎是濕的，他先倒在地上，那些掉落在他身上的木牆殘片出奇的輕，沒有木板的質重，倒像泡爛水的瓦楞紙箱。反而是他要撿起蓋在身上的其中一片時，手指不小心被上面的細鐵釘給戳破了。他已經不太確定此刻疼痛對於他是怎樣的感覺，手指上的傷口留下一小點暗紅，血沒有想像中流得那麼多，傷口處和血拌黏了泥土鐵鏽（他在拔出鐵釘時，明顯感覺到那凹凸不平鏽蝕的金屬釘身，毫不客氣地忽略血液，摩擦拉扯過撕裂的肉隙，並從皮層一層層拉拔出去，像綑綁著粗麻繩時的摩擦觸感）。狼狽起身，連著剛剛再次撞到的腳傷，傷害造成的疼痛本身，因著一種身體的破損、不完整，意外成為擺脫疲憊的破口，然後麻痺遺忘，到底是活的本能，抵抗犧牲捨棄固守，身體隨時備有一套修復止傷的系統待命。而知覺上因為習慣痛楚而漸可以去敷衍當下，一切如故。活是所有情況，傷跟遺忘、行走、疲憊、呼吸、疑惑、好奇、不解……都只是被涵蓋的其中一件事。

再沿著走廊走了一陣，兩旁有更多的是空曠的房間。他沒有再走進去哪個破開的門洞，儘管沒有實在的區隔，他也有一股被推拒的排斥感（包括眼前空間以及出自於身體內部本能）。緩緩經過，偶爾看見那各自框建的空間底部，有一兩道窗洞引著外頭的暈暈月光，有點像海底，那些被周圍的黑暗排斥侷限的一小撮光裡，浮動著像氣泡一般的懸浮微塵。走了好久，好像失去了時間感，他發現這長廊彷彿沒有盡頭。疲累不僅僅止於身體，還淹漫到了思緒，啊啊——究竟自己在這裡做什麼呢？他有一種原本起伏不定的情緒連同很多記憶都漸漸被廣泛地抹平、淺薄消失，而邊邊角角的細微被削去遠離的感覺。忽然他從身體很深很深的地方傳出一陣警覺的敲響——他感到恐懼，全身起了涼麻的雞皮疙瘩，心裡萌生了想出去，而不再是想進去的念頭。

快步往前走，莫名直覺告訴他不要回頭，他試著跑起來，但焦急提醒著他的腳傷未癒，小跑了兩步還是輕慢了下來。急也不成事，穩著走，等待事情發生。他想分散點注意力，一時卻也想不起什麼，越虛無就越顯得消極無力，直到他發現這走廊最底部的那間房間為止。只有這裡有一扇完好的門，而門縫底下溢出黃澄澄地螢螢亮光，不時有淺淡的灰影在光面拂過。他突然心裡直覺地起了某個預感，猶豫著是否要推開門，遲疑越久，門那頭也開始傳來越來越接近的聲音，彷彿慶典般，踱踱踱地像是又跑又跳，有節奏用力踏著步伐。感覺得出非常熱鬧，甚至隔著一層門也讓他好像已經身在其中，而他的確早已經參與，在更早之前就在了。伸手推開門，光從緩緩移開擴大的門縫中飽脹了出來，像是更強勢濃厚的薰染，一下子周圍所有的灰暗都被掩滅。眼前那幅鬧騰騰的景象，那些好久不見的，在他小時候深夜夢迴裡那條石子路上的鬼怪們遠遠朝著他行進過來。他認得那些樣貌，第一次這麼明亮的看著那些鬼怪，少了一點恐怖幽魅，更多了些慶典般的歡騰熱鬧。鬼怪們的隊伍歪扭不安分地往他的方向過來，也不確定是不是看見他，依然是笑的笑、怒的怒，歡喜悲嗔靜肅自得。迎著面，他覺得那每一顆轉動中大小不一、顏色各異的眼珠子都在遙望，看的是更遠更遠的地方，也讓他忍不住好奇，終於回頭看看身後是否有什麼特別的？而光曝的曠野上什麼都沒有。再回過頭，那原本離他有點距離的隊伍就到了眼前，快要撞到他時，轉瞬就把他給穿透了，繼續走繼續鬧，恍若無物，不成一絲礙阻。沒有任何鬼怪看向他（或者有，但他過於震撼而失去察覺），隊伍還拖很長，被穿透的他沒有什麼特別的感覺，要說有，就是身體暖暖的。也許是因為一路上都太過緊張了吧，現在莫名地好像可以放鬆下來，他伸長脖子探了探後頭，啊啊……那隊伍還很長啊……

文學叢書 489

INK PUBLISHING

世界早被靜悄悄換掉了

作　　者　蔡俊傑
總 編 輯　初安民
責任編輯　陳健瑜
美術編輯　黃昶憲
校　　對　呂佳真　陳健瑜　蔡俊傑

發 行 人　張書銘
出　　版　INK印刻文學生活雜誌出版有限公司
新北市中和區建一路249號8樓
電話：02-22281626
傳眞：02-22281598
e-mail : ink.book@msa.hinet.net
網　　址　舒讀網http ://www.sudu.cc

法律顧問　巨鼎博達法律事務所
施竣中律師
總 代 理　成陽出版股份有限公司
電話：03-3589000（代表號）
傳眞：03-3556521
郵政劃撥　19000691　成陽出版股份有限公司
印　　刷　海王印刷事業股份有限公司

港澳總經銷　泛華發行代理有限公司
地　　址　香港新界將軍澳工業邨駿昌街7號2樓
電　　話　852-27982220
傳　　眞　852-27965471
網　　址　www.gccd.com.hk

出版日期　2016年 5 月　初版
ISBN　978-986-387-097-5
定價　300元

國家圖書館出版品預行編目資料

世界早被靜悄悄換掉了
／蔡俊傑 著： - -初版，
- -新北市中和區： INK印刻文學，2016. 05
面：14.8 × 21公分. -- （文學叢書：489）
ISBN 978-986-387-097-5（平裝）
857.63　105006341